這是他（春由）所不知道的，我（由希）從那個夏天開始埋藏在心中的「願望（至今為止）」的故事。

同時——

也是她（由希）所不知道的，我（HARUTO）收下後一直延續到未來某個春天的「希望（從今以後）」的故事。

Prologue

收在抽屜裡的花色紙片

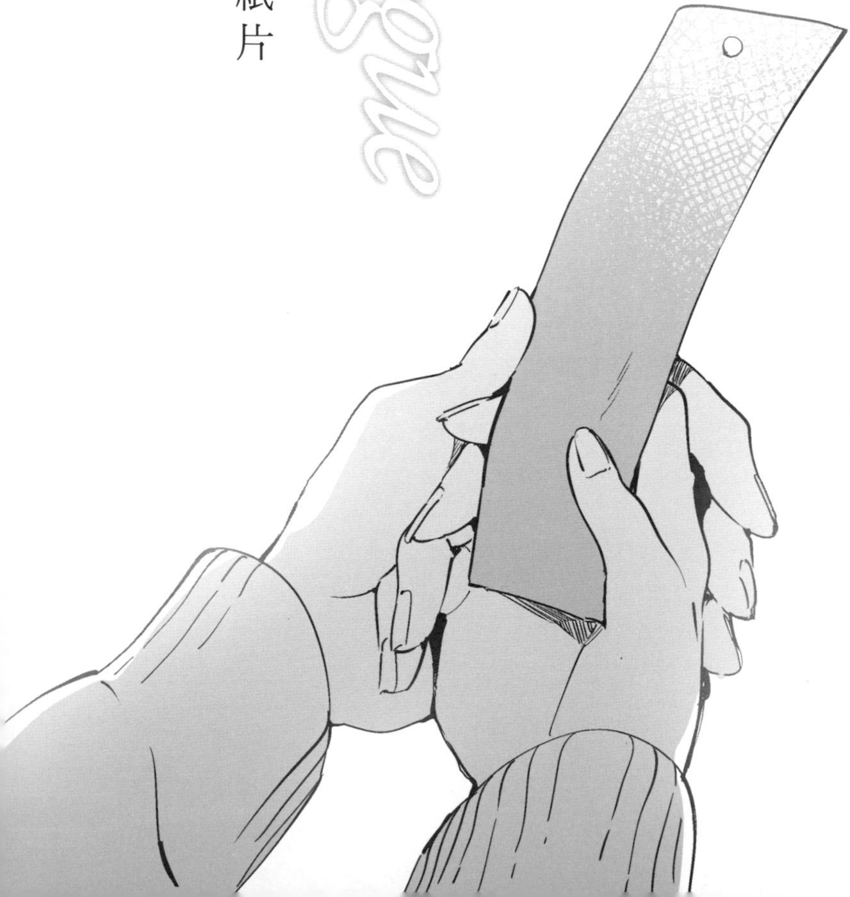

從學校回家的路上。

我抄近路穿過小公園，然後在公園角落停下腳步。

因為我發現有位美女獨自坐在髒兮兮的藍色長椅上，我從來沒看過那麼漂亮的人。她的腿上放著一本書，粉紅色的書籤沒有被夾在書裡，而是直接放在封面上。

想必世界或神明之類的存在，也非常清楚她有多美吧。

她的周圍充滿了柔和到讓人難以想像前陣子還在積雪，彷彿是為了祝福她而存在的陽光。那樣的場景看起來就像是一幅畫，可以的話，我真想一直看下去。

我順從自己的衝動，握緊紅色書包的背帶，輕輕吐了口氣。激勵完自己後，我踩著前陣子才收到的新鞋，改變前進的方向，像發現小貓時那樣慎重地接近那位美女，坐到她的旁邊。

對方只稍微瞄了我一眼，然後就像是在眺望遠方般，抬頭看向又比昨天多靠近春天一步的藍色天空。

即使如此，春天還要再過一陣子才會來臨，周圍的櫻花樹都還是光禿禿的。

然而不知為何，我還是聞到了甜甜的櫻花香。

我繼續看向那位美女。

挺直的脖子勾勒出的線條。

仰望天空時的下頷輪廓。

映照出春日天空的雙眼。

近距離一看，她的美麗又顯得更加動人。

她擁有柔順的長髮和微微上翹的睫毛，臉上的表情彷彿也洋溢著快樂、喜悅和幸福，只不過——

卻又有點悲傷的感覺。

我大概就是因為對那些微的悲傷感到在意，才會向她搭話吧。明明眼前的光景是如此完美，不對，正因為完美，那細微的瑕疵才格外讓人介意。

「吶，姊姊。」

因為突然被人搭話，那位姊姊嚇得肩膀縮了一下。她轉頭看向我，用食指指著自己漂亮的臉蛋。那對大大的眼睛在驚訝時也非常可愛。啊，用可愛來形容長輩好像有點失禮，但我真的這麼覺得，所以也無可奈何。

「是在叫我嗎？」

「嗯。」

「這樣啊。有什麼事嗎？」

我先適當地找了個話題。

「妳的長髮好漂亮。」

她溫柔地微笑。

「很漂亮對吧？」

「留長很辛苦嗎？」

「非常辛苦，但我從來沒想過要剪短。」

「哦，為什麼？」

「因為這是我的驕傲。無論是花費的時間，還是細心保養的回憶，全都是我確實戀愛過的證明。」

媽媽好像有說過。

頭髮一年會長十五公分。

原本應該看不見的時間獲得確實的形體，在她的身邊輕輕晃動。不曉得她的頭髮現在有多長。

「姊姊有談過戀愛嗎？」

「嗯，是全世界最幸福的一場戀愛喔。」

我抬頭看著她，仔細思考剛才那句話的意思。「全世界最幸福的戀愛」到底是什麼東西？該不會很甜吧？

啊，說到這個。

我摸了摸口袋，指尖就碰到硬硬的東西。太好了，還剩下兩顆。

「姊姊，要吃巧克力嗎？」

我從口袋裡拿出兩個一口大小的巧克力遞給她，我本來想拿來當點心，但我不介意送她。因為今天——

「咦？」

「妳討厭巧克力嗎？」

「我很喜歡，但為什麼要給我？」

「我只要吃甜食就會變得有精神，姊姊不會嗎？」

「不。我也一樣。」

「那就收下吧。」

我將其中一顆巧克力丟到嘴裡，剩下的那顆則遞到她面前。她稍微猶豫了一下，但最後還是收下了。

「謝謝。」

確認小小的牛奶巧克力被放進豔紅的嘴唇後，我開口說道：

「聽說今天是情人節。是送朋友和重要的人巧克力的日子。」

我說著說著就突然覺得難為情，趕緊將視線移開。

公園的遊樂器材隨之映入眼簾。這裡有鞦韆和溜滑梯，但看不到任何人影，有種被全世界的人遺忘的寂寥感。唯一的救贖，就是還能透過眼角看見姊姊的身影。

不過她正在吃巧克力，所以沒辦法說話。

只有我一個人在講。

「我今天有送巧克力給阿大和阿海。姊姊有送嗎？」

她用點頭回應。

「我跟妳說，大家都很高興喔。所以希望姊姊也能打起精神。」

「……我很有精神啊？」

「可是，妳看起來有點像在哭。」

我的話讓她伸手摸了一下自己的臉頰確認。

她的指尖沒有沾溼。

「呵呵。以前好像也有人這麼說過我。真是傷腦筋。」

她前後晃動雙腳，就像鞦韆一樣。

明明表情顯得比剛才還要悲傷，但不知為何又讓人感覺變得比剛才還要幸福許多。

「傳達給他的約定，以及他持續在我心裡迴響的聲音，至今仍抓著我不放。」

——這句話簡直就像是詛咒（祝福）。

她才剛說完，就吹起了一陣風。那陣風蘊含著冬天的冷冽空氣，搖曳著春光。眼角隱約能看見金色的光芒在閃動。

同時，粉紅色的書籤從她手邊飛向空中。

染上春光的書籤，看起來就像櫻花花瓣。

「「啊。」」

我們同時喊出聲站了起來，並同時伸出手，但書籤滑過她的掌心，輕輕落在我的手中。

那是張平凡無奇的紙片。雖然正反面都沒有寫字，不過看得出來她已經珍惜地使用了很長一段時間，書籤徹底染上了她身上的櫻花香味。

「姊姊，這個還妳。」

她盯著書籤看了一會兒，然後搖頭回答：

「送給你吧。就當作是巧克力的回禮。」

「可是如果沒有這個，就不曉得自己書看到哪裡吧？」

「啊，原來如此。你誤會了，這其實不是書籤——」

她開始自言自語。我覺得那應該是自言自語。

「說得也是。那一瞬間是真實存在過，並不是謊言。」

然後，她告訴我那張紙片是什麼東西。因為和書放在一起，我才以為那是書籤，但聽她說明過後，我才發現那確實是「那個」。明明沒和其他東西綁在一起，上面卻有打洞。

那是用來向星星許願的東西。

「我可以收下嗎？」

「嗯。因為我的願望已經實現了。」

「姊姊許了什麼願？」

「我啊，不對，我們兩人在最後的那個瞬間，對彼此許了相同的願望。就像在夜空中閃耀的織女星和牛郎星一樣，說了『來見我』、『呼喚我的名字』。因為——」

她說到這裡時停頓了一下，做了個深呼吸才抬起頭。

然後，這次她發自內心地笑了。

「那證明我們深深喜歡彼此。」

她臉上的悲傷已經在不知不覺間消失，我不知道是因為甜甜的巧克力融化了悲傷，還是她想起了足以蓋過深沉悲傷與龐大絕望的開心回憶。

我只能確定一件事。

那就是在我過去的人生當中，從來沒看過笑得這麼美的人。

我突然變得有點想哭，讓我慌了手腳。在感到鼻酸的同時，世界也跟著微微晃動。我不覺得傷心，也不覺得難過，當然更不覺得痛。

只是她那彷彿獲得了世界上的所有喜悅和幸福的笑容，溫暖地填滿了我的內心。

「所以如果你以後有什麼願望，或是找到了真正想要的東西，就寫在這上面吧。這樣一定就能跟我的願望一樣，傳達給閃耀的星星。」

到了那時候，我也能露出這麼美麗的笑容嗎？

在一個人寫作業的時候，我打開抽屜找橡皮擦。以前和朋友拍的照片、第一次考滿分的考卷、在神社抽到的大吉籤詩、彈珠汽水裡的彈珠，以及其他許許多多的回憶，都沉睡在這個抽屜裡。

然而，此時引起我注意的，是從一張粉紅色紙片散發出來的淡淡櫻花香氣。

雖然乍看之下是張書籤，但那其實是用來寫下我願望的紙片。

那是我很久以前在附近的公園撿到的。現在的我和當時不同，有著無論如何都想實現的願望。我考慮過，也迷惘過，但最後還是沒有拿出那張紙片。

所以那個在春天陽光的照耀下，由寒風送到我身邊的粉紅色的春天碎片，現在仍維持空白的模樣被我收在抽屜裡。

直到未來有一天，我找到值得寫在上面的願望為止。

連結繁星，許下願望

Contact.130

「咦，是小由耶。喂～」

這時候離與他約定碰面的時間，還有將近三十分鐘。

我在車站南側出口的拱廊商店街的一角停下腳步。那裡有間明顯是個人經營的小舊書店，我從敞開的大門看見小由在裡面。

他似乎沒聽見我的聲音，也沒注意到我高高舉起的手。

我稍微思考了一下後，輕輕改變前進的方向。

當然，是走去找他。

明明他不可能聽得見，我還是壓低腳步聲接近他。

在陰暗的店內，從門窗射進來的光將空氣中的灰塵照得閃閃發亮。這樣的背景，讓他沉浸在故事裡的站姿顯得非常上相。

即使上了一整天課，他身上的白襯衫依然沒有任何皺褶，背也挺得像是在背後插了根棒子般筆直。或許是嫌最近稍微變長的瀏海礙事，他偶爾會用指尖將前髮撥到旁邊。在以男生來說算很長的睫毛底下，溫和的目光正不斷上下移動追逐著文字。

抵達入口附近後，我從一旁塞滿書的推車裡隨手抽出一本書。

那本書的封面非常破爛，書背上還有一道很長的裂縫。我把手上的書轉過來，發現封底用鉛筆淡淡地寫著「一百圓」。比罐裝飲料還便宜。

這明明是應該連平常不看書的人也知道，就連教科書上都有記載的知名作家的作品。而且或許還是最有名的一部。

我享受著被曬得又黃又乾的紙張獨特的觸感，但完全沒在看構成故事的文字，眼裡只有身影變得比剛才更加清晰，比自己年幼一歲的少年。

不曉得是感覺到我的視線，還是單純的偶然。

小由總算像是突然想到什麼般從書本裡抬起頭，看向這裡。他嚇了一跳，但馬上就露出微笑。

所以，我也跟著笑了。

『那本書有趣嗎？』

『還好吧。』

『但我看你讀得很認真？』

我們沒有發出聲音，而是透過眉毛的細微動作、嘴型，以及潛藏在眼睛裡的感情等小小的肢體動作對話。

『被妳發現啦。可以再等我一會兒嗎？就快看到一個段落了。』

『欸～該怎麼辦才好呢。』

『拜託了。』

『我開玩笑的啦。你慢慢看吧。』

『謝謝。由希，妳看的是什麼？』

小由輕輕點頭致謝後，困惑地歪了一下頭，所以我將手裡的書舉到臉附近讓他看封面。

視野被書分隔成上下兩個部分，從上面能看見他露出了然於心的表情。

『原來如此。是部名作呢。那再等我五分鐘。』

『嗯。』

就這樣，小由再次潛入故事之海，重新開始他的航程。

為了不妨礙他，我也跟著瀏覽那些從剛才開始就蠢蠢欲動地想講述名作的文字。

❄

我在兩天前與瀨川春由相遇。

在他放學回家時，我跑去問他車站要怎麼走。

即使是這種老套又拙劣的搭訕方式，他還是會毫不懷疑地相信，這點我從很久以前就知道了。

「謝謝你。真是幫了大忙。我住在車站前的商務旅館，但出來散步後，就找不到路回去了。」

在彷彿隨時會開始落淚的陰天之下，兩把傘的前端不斷碰觸柏油路面，發出「喀啦喀啦」的聲音。

「既然住旅館，表示妳正在旅行嗎？」

「嗯。大概就是那樣。」

「既然是外出旅行，應該還有其他更適合觀光的地方吧。啊，不是那裡，走這裡比較近。呃——」

「我叫椎名由希。」

「我是瀨川春由。」

我們走在其實已經一起走過好幾次的路上，互相自我介紹。內容包括了姓名、年齡，以及明明沒有必要說的血型等內容。即使早就已經不曉得聽過幾次了，我還是裝出**初次**耳聞的樣子。

「我果然還是覺得太可惜了。這種什麼東西都沒有的鄉下，逛起來應該很無聊吧？」

「呵呵，不可以這樣說自己住的地方喔。我啊，比起觀光勝地，更喜歡看著平凡無奇的普通景色，漫無目的地到處散步。而且我喜歡這個城鎮。」

這是我的真心話。

我還滿中意這個城鎮的。

「如果是這樣的話，那我也不是不能理解。因為我也喜歡散步，所以只要一發現陌生的小路，就會忍不住想走。」

「確實會讓人想走呢。」

「嗯。明明不知道通往哪裡。」

「就是因為不知道才有趣啊。」

「我懂。雖然不想懂，也覺得不該懂，但我懂。然後就會像妳現在這樣迷路。」

在我們閒聊的時候，剛好發現了一條小路。我用傘敲了一下入口。我知道小由在背後停下了腳步，所以轉身對他一笑。

他臉上的笑容明顯像在說「真沒辦法」，看起來有點好笑。

我知道那絕對不是厭惡的表情，也只有我看得出來。

「好，那就走吧。」

「哦～」

我幹勁十足地舉起手，走進小路。

季節一天比一天接近夏天，隨著月曆上的叉叉記號愈變愈多，氣溫也逐漸上昇。從某戶人家的圍牆延伸出來的某種花，將綠葉襯托得更加鮮豔。

「椎名小姐是從哪裡來的啊？」

他撥開差點碰到眼睛的葉子，開口問道。

「叫我由希就好，當然也不需要加敬稱。」

因為無法回答這個問題，所以我直接岔開話題。

「咦，可是妳比我年長吧。」

「沒關係啦。相對地，我也會直接叫你小由。」

「不是叫阿春？」

「你平常都被這樣叫嗎？」

「嗯。」

「那果然還是叫你小由好了。跟大家一樣也很無趣。就這麼決定嘍？」

或許是因為天氣悶熱，我笑著這麼問後，小由的臉就變得有點紅，默默愣了一下。

「小由？」

我一從下方窺探他的表情，他就慌張地回過神，然後不知為何突然移開視線。咦，這是為什麼？我沒看過他的這種反應。

「咦？哦……哦，我知道了，請多指教，由希。」

「嗯？算了，請多指教嘍，小由。」

這件事發生在六月二十九日星期三。

我們在梅雨季即將結束的那天，完成了第一百三十次的「初次見面」。

❄

就在我看完那本舊書裡的一則短篇時，小由從店裡走了出來。他的側肩包在腰部附近晃動，手裡拿著一個剛好能裝一本書的褐色紙袋。

「久等了。」

「結果你還是買下來啦。」

「是啊。但如果不看到一個段落，還是會覺得不舒服。」

他輕輕舉起紙袋說道。我發現他手裡除了紙袋以外，還有其他東西。那是一張長方形的淡藍色紙片，大概是書籤吧。

不過看起來未免也太沒情調。

「吶，小由。那是什麼？」

「哪個？」
「那個淡藍色的。」
「哦，這個啊？算是贈品吧，呃，今天開始就是七月了吧。」
「嗯。」
「就是七月七日用的。」
「原來是七夕啊。」
被銀河分隔開的兩人，一年唯一能夠見面的一天。
所以那張紙片應該是——
「是啊。好像是工會今年為了活絡商店街提出的企畫。店家會發這種短籤給有買東西的人。這條路再往前走一點，有塊比較寬敞的地方。那裡放了矮竹，在七夕的晚上還會點燈呢。」
我試著想像那個場景。
搖晃的竹葉。
被燈火照亮的眾多願望。
我忍不住激動地說道：
「聽起來很棒呢。」

「咦？是嗎？」

「是啊。唔哇，真好。不曉得我能不能一起參加。」

「應該可以吧。就像我剛才說的那樣，只要在商店街購物，就能拿到短籤。」

「這樣啊。好，等我一下。我也要去拿。」

繼小由之後，這次換我走進舊書店。

店內比想像中還要陰暗又狹窄。

在店裡的櫃檯那裡，有一個穿著寬鬆上衣搭配家居短褲，打扮得一點都不像服務業人員的老先生坐在椅子上看書。那應該就是店長吧。他只稍微瞄了我一眼，就立刻繼續看手上的書，所以我也只有輕輕點一下頭，就開始緩步走在書架之間的狹窄通道上。

有名的作品和我不知道的作品，都被以相同的方式排列在一起。

每一個書背，都像是通往異世界的大門門把。

該、選、哪、一、本、好、呢？

像這樣挑選故事時，會讓人覺得非常開心。其實我想要多花點時間好好挑選，但小由還在等我，所以必須盡快做出決定。該選太宰好，還是芥川好呢。試著挑戰沒看過的三島由紀夫或許也很有趣。我記得他寫的《金閣寺》還滿有名的。

呃，三島，三島在哪裡呢。

我用指尖一一撫過按照作者姓名順序排列的書背後，發現這裡插了一本完全無關的書。

書名是採用深藍底搭配白字的設計。

大概是有人沒把它擺回原本的書架，就隨便找個地方放吧。

用指尖按住精裝本堅硬的書背讓書本傾斜後，封面也跟著稍微從書架裡探出頭來。上面畫了大大小小的光點，看來是一本星座圖鑑。

我對星星的名字和星座的形狀可說是一竅不通。

因為經常被當成小說的主題，所以我曾想過總有一天要好好學習這方面的知識，但一直找不到機會。既然如此，現在或許就是個機會。

在排列整齊的書堆當中，只有一本書被硬拉出來，我強硬地抽出那本書。

輕輕吹掉書上的灰塵後，我摸了一下封面，光滑的封面摸起來很舒服。

這本作工精美的書雖然有點髒，但以二手書來說算是相當乾淨。

稍微翻閱了一下後，我發現裡面使用了許多彩色圖片，並按照季節說明各個星座。我在夏季的部分確認完七夕的頁面後，輕輕闔上書，就這樣拿在手上。然後，我對看店的老先生說道：

「請給我這本。」

價格剛好是五百圓。

我也不太清楚這樣算貴還便宜。
附贈的短籤是淡粉紅色。

啪啦啪啦，咚咚。
因為聽見窗戶被拍打的聲音，我從正在看的書裡抬起頭。
拉開窗簾後，我發現外面不曉得什麼時候開始下雨，而且雨勢還愈變愈大。街上的燈光因為雨水變得模糊，讓已經看慣的夜景顯得比平常柔和。
溼淋淋的道路反射著紅色和藍色的光芒，只要走在路上的某人的腳步，或是雨滴落在倒映著光芒的水窪上，就會緩緩掀起波紋，產生一種情趣。
我闔上今天剛買的星座圖鑑，稍微打開窗戶。飽含水氣的冷冽空氣，竄入悶熱的房間。
這股輕輕擴散開來的香味，應該算是雨的味道吧。
或是天空的味道。
看在我的眼裡，從天而降的無數透明水滴，就像連接天空與大地的絲線。
一個雨滴在碰到我伸出窗外的指尖後彈開。雨水絕對不會停留在我的手指上，只會不斷往下滑落。
我看向雨的源頭。

天空原本擁有不輸城市的光輝，只是今天被一層灰色籠罩。

所以即使看不見灰色雲層的另一頭，我還是能夠想像一定存在於對面的景色。

剛才在圖鑑上看到的星座。

說到夏季的天空，最有名的應該就是將天津四、河鼓二和織女一連起來的夏季大三角吧。藍白色的織女一是七夕的織女星，河鼓二則是牛郎星。兩顆星星的中間隔了一條銀河，據說兩人一年只能見一次面。

我用沒溼的手輕撫放在書旁邊的粉紅色紙片。

那是一張平凡無奇的紙片。

因為作成細長方形，所以乍看之下就像是素色的書籤，不過好像只要在一年一度的七夕之夜，將願望寄託在上面並綁在竹子上，就能實現願望。

奇蹟不可能這麼容易就發生。

世界有時候很溫柔，但大部分的時候都很殘酷。

我很清楚這點，只是清楚歸清楚——

我還是好幾次都動了寫這張短籤的念頭，但總是想不出具體的願望，所以到現在還是什麼也沒寫。

如果看得見星星，結果或許就不同了。如果能夠想像出橫跨閃耀銀河的鵲橋，或許就能獲得一點勇氣。

雨下個不停。

雲層也依然很厚。

我的眼裡，看不見任何閃耀的星星。

好熱。

不自覺地睜開眼睛時，我這麼想著。並非只有特定部位，而是全身都很熱。從臉到腳全都像是正在燃燒，這股熱量到底是從什麼時候開始棲息在我的身體裡的？

從身體深處湧出的高溫，讓我醒了過來。我真的不曉得發生了什麼事。

背部流的汗讓衣服黏在身上，感覺很不舒服。鼻子也不通，變得好難呼吸。

這到底是怎麼回事？

從關節傳來令人不悅的刺痛，讓我忍不住皺起眉頭。眼皮好重，身體又更加沉重，讓我無法像平常那樣起身。我試著努力抬起身子，但很快又躺了回去。原本清爽的床單變得皺巴巴，床墊也跟著發出慘叫。

我反覆進行短促又炙熱的呼吸，只移動頭部看向放在床邊的電子鐘。綠色的光芒，顯示距離我和小由約定的會合時間只剩不到一小時。

我居然睡了十二個小時以上。

但如果可以的話，我還想再稍微睡一會兒。我現在一步都不想動，也沒辦法動。

即使如此，我還是不自覺地伸出手。

就像我小時候在事故現場尋求光芒時那樣。

我必須過去。

小由在等我。

如果我沒去，他一定會一直在這場雨中等我吧。一想像那樣的場景，就讓我感到心痛。

最重要的是，我今天莫名地想看他呼喚我時的笑容。

「嗯……嗯嗯。唔。嗯嗯～～」

我這次換用雙手撐起身體。

然後緩緩用毛巾擦汗，拿出冬天穿的外套。

我一看向鏡子，就發現自己滿臉通紅。一定比蘋果或草莓還紅吧。眼睛也睜不太開。這樣的臉一點都不可愛，真不想被小由看見。

我壓抑想哭的心情，替自己梳頭和化淡妝。當然，也絕對不會忘記噴櫻花香水。

雖然等我離開旅館時，早就已經過了約定的時間，但我還是急忙趕去找小由。我穿過車站，走到位於車站另一側的拱廊商店街。

我依靠雙腳和雨傘持續前進。現在也彷彿隨時都會倒下。還要多久？還要再走多少路，我才能見到小由？

就在這時候。

「由希。」

我聽見了聲音。

有人在呼喚我的名字。

不過，那個聲音聽起來不像平常那樣溫暖。

反而讓人覺得充滿擔心。

啊，不過，那果然還是讓我覺得很溫暖。

「妳在做什麼？」

他大喊著靠近我。或許是鬆了口氣，我頓時感到全身無力，多虧被小由抱住才沒有倒下，但還是覺得好硬好痛。

這就是男孩子的手。

還有男孩子的身體。

「因為我們約好了。」

「約好了？」

這是為什麼呢?小由的身體應該沒有不舒服，但他的表情看起來比我還像在哭。

「嗯。約好了。我們昨天有說『明天見』吧?」

「是這樣沒錯，但也不用在這種狀態下勉強自己赴約吧。」

「因為如果我沒來，你一定會擔心，而且還會一直等下去吧?」

「我才——」

他原本是想說「不會那麼做」吧，但我用食指抵住他的嘴唇，不讓他把話說完。

「騙人。我很清楚你的個性。」

因為你現在不就在這裡嗎?

你是因為擔心我，才會來找我吧?

我都知道。

我很清楚你是個多麼溫柔的人。

不過我現在難受到說不出話。

喉嚨擠不出聲音。

意識逐漸變得模糊。

「由希?由希?」

就連呼喚我的聲音聽起來都好遙遠。

嗯，不用擔心，我只是有點睏，休息一下就好了。

不過，正因為你是這樣的人，我才會——

我的意識到這裡就中斷了。

所以在最後的瞬間，我究竟在想什麼，想說什麼，包含我在內沒有任何人知道。

❄

很久以前，我曾經去看過一次星星。

地點到底在哪裡？

又是什麼時候的事呢？

「吶，由希，看得見嗎？」

我下車後，爸爸如此問道。

幾十分鐘前，爸爸突然莫名幹勁十足地叫我上車，在不曉得目的地的情況下就被帶來這裡的我，感到非常緊張不安。

同時也有點鬧彆扭。

「嗯～看不見呢。」

「親愛的，要先把車燈關掉。」

「啊，說得也是。等我一下。好了。這樣如何？」

爸爸一把車燈關掉，世界就突然變得一片漆黑。

在這個嶄新的，沒有任何光亮又遠離喧囂的地球角落。

我的眼睛還無法捕捉到那些微小的光點。

「果然還是看不見。」

「要給眼睛一點時間習慣。好，就這麼辦吧。」

「呀！」

爸爸用手遮住我的雙眼。他的手又大又有力，摸起來硬硬的，最重要的是還很溫暖。等注意到時，我已經冷靜下來。聽得見風的聲音，感覺得到青草在晃動。這讓人感到非常舒服，想要用力吸一口氣。

「吶～姊姊和爸爸在做什麼？玩捉迷藏嗎？」

「是啊。宇美也要加入嗎？」

「要！」

「那宇美就和媽媽一起玩吧。過來這邊。」

「哦。」

我聽見妹妹天真無邪的聲音和媽媽溫柔的聲音。她們的聲音既不會讓人覺得太強烈，也不至於讓人聽不見，巧妙地與風聲同調。

「吶，爸爸。還沒好嗎？」

「妳也問太快了，我才剛遮住妳的眼睛吧。由希真是性急，到底是像誰呢？」

「哎呀，不是我喔。」

「那難道是我嗎？」

「你很清楚嘛。」

媽媽的笑聲，就和我的朋友一樣輕快——

「好～了～嗎？」

宇美不懂察言觀色的聲音，讓爸爸和媽媽大笑出聲，並異口同聲地回答：

「「還～沒～」」

「哦。」

「看來宇美也像我呢。」

「這樣很好啊。這表示我所愛的事物，未來也能繼續傳承下去。」

「那我愛的事物怎麼辦？」

「哎呀，她們也有地方像我吧。」

「例如？」

「美貌之類的。」

「嗯，確實呢。」

「我說親愛的。」

媽媽刻意嘆了口氣。

「怎麼了？」

「講這種臺詞時，應該要表現得害羞一點。」

「即使是事實？」

「這種事就是這樣。」

此時，原本一直保持安靜的兩位少女，再次不看氣氛地大喊：

「「好～了～嗎？」」

雖然我不曉得宇美是怎麼想的，但我之所以大喊出聲，是因為再也聽不下去這兩人的對話。

從剛才開始，我就莫名地覺得腦袋裡和喉嚨好癢。

面對兩道年幼的詢問聲，兩位大人也按照標準的方式回答。

「「好～嘍～」」

爸爸突然放開手，讓我的眼睛瞬間恢復光明。

下一個瞬間，眼前出現了一片光的海洋。這是為什麼？明明剛才還是一片黑漆漆的空間。

我看向旁邊，宇美也坐在媽媽的腿上開心地笑著。

「宇美？有看見嗎？」

「嗯。」

「那就說出來吧。」

「我發現星星了。」

如同宇美所言。

數以千萬計的星星倒映在我們眼中。感覺現在只要一伸手，就能碰到星星。我試著挺直背脊伸出手，但當然碰不到。即使如此，我不知為何仍覺得有星光停留在我的指尖上。

站在一旁的父親指向天空。

「難得有機會看到春天的星空，來找北斗七星吧。由希知道北斗七星嗎？」

「只知道名字。」

前陣子看的書裡有提到過。

「嗯。這樣啊。」

爸爸蹲下來配合我的視線。

「試試看在北方的天空上方，將星星連成杓子的形狀吧。那就是北斗七星。」

「在哪裡？」

「那裡有四顆特別亮的星星吧？從右下那顆星星開始連吧。」

我按照爸爸的指示將光點連起來。

我在眼裡的漆黑畫布上，用黃色的光線連出星座。

「將這個、這個和那個像這樣連起來嗎？」

我用手指描繪出線。

「沒錯。把這條弧線繼續往前連，前面有個橘色的光點吧。那就是大角星（Arcturus），意思是熊的看守者。那是牧夫座的α星。再前面是純白的珍珠星，室女座的角宿一。將這些星星連起來，就是春季大弧線。」

在那之後，爸爸繼續向我說明星星的名字。例如將角宿一、大角星和五帝座一連起來的春季大三角，以及加上常陳一組成的春季大鑽石。

坦白講，我聽到一半就已經開始無法把那些名字和星星連在一起了，但爸爸看起來很開心，所以我靜靜地聆聽。就算不具備那些知識，我也喜歡看亮晶晶的東西。畢竟我是個女孩子啊。

「由希喜歡哪顆星星？」

我稍微思考了一下這個問題。小顆的星星可愛，大顆的星星漂亮，顏色也是有白色和黃色等各式各樣的顏色。然後，我抬頭仰望天空，說出第一個發現的星星的名字。

那裡閃耀著橘色的光輝。

「大角星。嗯，我喜歡大角星。」

我一說出那顆星星的名字，就覺得它剛好填補了內心某塊無名的空白。原來如此。或許喜歡上某樣事物的瞬間，意外地就是會在這種隨意的時刻降臨。

「這樣啊。」

爸爸摸了一下我的頭。那種大男人的草率摸法會把頭髮弄亂，所以我平常不怎麼喜歡，今天卻覺得有點舒服。

「那麼，今天就來學一些關於大角星的知識再回家吧。就像剛才說的那樣，大角星的意思是熊的看守者，但在夏威夷是被稱作荷庫雷亞。」

「荷庫雷亞？」

像是要刻在記憶裡般，我跟著爸爸唸了一遍。

「沒錯。荷庫雷亞（Hokulea）的意思是『歡愉之星』。如果遇到開心的事情，就仰望天空尋找這顆星星吧。妳的喜悅一定會傳到星星那裡。」

❄

一睜開眼睛，我就看見在遙遠過去仰望的橘色星星。

我忍不住喊出那顆星星的名字，讓坐在床邊的少年露出困惑的表情。那個人是小由。仔細一看，眼前並不是滿天星空，而是熟悉的旅館天花板。那道光芒遠比星光黯淡，但更大且更近。

「咦？為什麼小由會在這裡？」

爸爸、媽媽和宇美，都已經不在了。

這就是我現在身處的現實。

「妳不記得了嗎？由希，妳明明發燒還勉強跑來和我見面，然後就昏倒了。」

這麼說來，好像確實發生了這樣的事情。

雖然我隱約還有一點印象，但現在腦中都在想別的事情。直到剛才都還在身邊的家人的笑聲、爸爸有力的手掌，以及媽媽隨風搖曳的長髮。每一樣東西都牢牢抓著我的內心不放。

「看來妳什麼都不記得了。」

「是小由送我回來的嗎？」

「咦?啊，嗯。費了我一番工夫呢。像是跟旅館的人解釋狀況什麼的。另外，有件事我先說清楚，幫妳換衣服的是旅館的人，不是我喔。」

不知不覺間，我就連衣服都換了，內衣也和之前的不同，感覺有點清爽。

「呵呵。原來如此。你害羞啦。」

我試著起身，但被小由制止了。或許是因為發燒，感覺他貼在我額頭上的手，溫度比平常還要低一點。

我將臉轉向旁邊，在枕邊發現了前陣子剛買的星座圖鑑。

之所以會作那樣的夢，一定是多虧了這本圖鑑吧。圖鑑光滑的表面摸起來涼涼的，感覺很舒服。

我將毛毯拉到嘴巴附近，用帶著高溫的聲音說道：

「我跟你說，我作了一個夢。夢到小時候和家人一起去看星星。」

「星星?」

「沒錯。那時候應該是春天。爸爸很了解星星，教了我很多事情，但我當時還小，所以聽不太懂，難得他特地幫我講解，我卻全都不記得了。」

雖然已經太遲了，但要是當初有更認真聽就好了。

多聽他們說話，多和他們說話。雖然爸爸和媽媽那種肉麻的互動還是讓人覺得有點難為情，但我並不討厭。

「好～了～嗎？」

「怎麼突然說這個？」

「我和妹妹在一起找星星時，曾經玩過這個遊戲。『好～了～嗎』、『還～沒～』、『好～嘍～』。然後，眼前就出現了好多漂亮的星星。那副場景真的很美。」

不知為何，我流下了一滴眼淚。

聲音在顫抖。

胸口好難受。

感覺好痛苦。

等回過神時，我已經朝天花板伸出手。橘色的螢光燈並非星光，只是人造的光芒。大角星、荷庫雷亞、歡愉之星。不對，不是這樣。我的手裡根本就沒有這些東西。無論是那些日子、過去、家人的聲音，還是溫暖，都在很久以前就失去了。

然而——

我原本空蕩蕩的手，正握著其他東西。

摸起來柔軟，但有點粗糙，而且又大又溫暖。

那是小由的手。

我突然吸了一下鼻子。

小由用空的那隻手替我拭淚。他做這種事情時，動作意外地草率，這種笨拙的地方和爸爸有點像。

我用乾涸的聲音說道：

「我想去看星星。」

「咦？」

「帶我去。」

「……好啊。我知道一個祕密景點，就連本地人都很少知道。等妳感冒好了，我再帶妳去。」

「吶，小由，謝謝你。」

這句感謝裡包含了很多意思，不曉得他有沒有察覺。

——謝謝你陪著我。

然後，我再次閉上眼睛。

少年的笑容，烙印在我的眼睛深處。

感覺寂寞和痛苦都稍微緩和，原本難受的呼吸，現在也變得順暢了。

雨下個不停，我也睡了一整天，等太陽重新露臉時，我的燒已經不可思議地全都退了。

我們還剩下一點時間，這讓我鬆了口氣。

要是再晚一天才痊癒，我就無法和小由一起去看星星了。

太陽下山後，我們在小由家附近的公車站集合。我們要去的祕密景點好像要走一段山路才會到。

因為他特別提醒我要做好防蟲的準備，所以我挑了能遮住全身，方便行動的衣服。唉，如果露太多給小由看，他一定會害羞，所以或許這樣正好。他意外地是個悶騷色狼。

我在車站前的租車店租了一輛自行車後與小由會合，然後騎在田野間的小路上。

風一直從前面颼颼吹過來，景色也不斷往後面流逝。我踩著踏板，用比平常還快的速度前進。

每十公尺就有一根路燈，在被黑夜籠罩的空間中製造出一個個黃色光圈。已經稍微習慣黑暗的眼睛，重新捕捉到被染上夜色的各種物體的輪廓。

綠油油的田地裡，挺直的葉子舒服地隨風搖曳。

青蛙的大合唱聽起來忽遠忽近，到了讓人覺得吵的程度。

自行車持續發出運轉的聲音，附設的小白燈照亮我前進的方向。前面能看見一個男孩子挺直的背影。

「小由～」

我呼喚他的名字。

感覺有點難為情，又有點開心。

大概是被夜晚甜美的氣氛影響了吧。

「什麼事？」

「還要多久才會到？」

「再騎十分鐘吧。」

「這樣啊。」

我們用不輸青蛙叫聲的音量大聲講話。這條路左右都是田，沒有任何遮蔽物，所以我和小由的聲音一擴散，就逐漸融入周圍的聲音。

「真舒服。」

「咦？什麼？我聽不清楚。」

「晚上的風吹起來真舒服。」

我用比剛才還要大的聲音喊道。

將自行車停在山腳後，我們沿著鋪過的山路爬了約五分鐘的坡。中途有一個足夠讓一位成年男性通過的空隙，小由毫不猶豫地走進那裡。他在進去前替我噴了驅蟲噴霧，讓我忍不住咳了幾下。我討厭這個味道。

愈是前進，周圍就變得愈黑，不曉得是誰先開始的，我們牽起了彼此的手。手摸起來有點溼溼的，究竟是哪一個人在流汗呢。

既然是自己的事情，那應該很清楚才對，但我腦中一片空白，完全搞不清楚。

我們撥開草木，持續走了約十分鐘後，總算抵達一個開闊的地方。即使他沒有特別說明，我也知道這裡就是終點。

一陣風吹亂了我的頭髮，但我還是沒有放開手。

「由希，閉上眼睛。」

「咦，為什麼？」

「閉上就對了。」

「可是。」

「放心，我會好好引導妳前進。」

在那道溫柔聲音的誘導下，我閉上眼睛。小由的手稍微用力，我被他拉著往前踏出一步

——在真的完全沒有亮光的黑暗當中。

「好～了～嗎？」

我低喃的聲音有點顫抖。

小由輕輕笑著，按照標準的方式回答。

「還～沒～」

「好～了～嗎？」

「還～沒～」

我們重複了好幾次這樣的對話。我把他的聲音當成路標，持續前進。從鞋子底下傳來踩過草地的聲音和觸感。

雖然感覺過了很久，但大概只前進了十公尺左右吧。

過不久，小由開口說道：

「可以了。公主殿下，請睜開眼睛吧。」

「為什麼突然叫人家公主啊？」

我腦中不自覺地浮現出小由面紅耳赤的表情。

「如果妳可以不要追究這點，那我會很感激。」

小由在一旁嘟囔著「可惡的卓磨，跟你說的完全不一樣」，看來這招是朋友教他的。

「總而言之，我可以睜開眼睛了吧？」

「咦，啊，嗯，睜開吧。」

然後，我總算睜開眼睛。

「咦？」

我感覺自己的聲音被眼前的景色吸了進去。

這裡是個陽光照不到的地方。周圍全都是一片漆黑。在那當中，有許多黃、白、橘、紅、綠色的小光點發出耀眼的光芒。彷彿要從天空滿溢而出的天上繁星，以及由眾人在地面的生活構成的地上繁星。

我和小由兩個人，正漂浮在宇宙當中。

「上方和下方都有星星在閃爍呢。」

「漂亮吧？這是我珍藏的景點呢。」

「嗯。好厲害，真的好厲害。」

就在我不斷喊著「好厲害」並忍不住往前跑時，和我手牽手的小由被我害得差點失去平衡，我慌張地喊道：

「啊，抱歉。你沒事吧？」

「不，沒關係。看妳這麼開心，我也很高興。那麼，我們走吧。」

這次我們肩並著肩，一起朝光的方向踏出腳步。

幸好今天是萬里無雲的晴天，只是月亮很大，蓋過了一些星光。儘管沒太陽那麼強烈，夜晚的王者仍用凜然又銳利的金黃色光芒，將夜空染成深藍色。沒錯，並非黑色，月光將黑夜染成了藍色。

等注意到時，月光已經在我們的腳邊照出一道連在一起的影子。

「這是我這輩子第二次看見這麼美的夜空。」

「您還滿意嗎？」

「當然。」

「太好了。」

「很漂亮呢。真的非常非常漂亮。啊，對了。吶，小由，我們來找星座吧。」

「由希懂星座嗎？」

「完全不懂。小由呢？」

「我也完全不懂。」

「那我們半斤八兩。我前陣子買了星座圖鑑。要用這個一起找嗎？」

「好啊。試試看吧。」

小由準備得非常周到，他在手電筒上面蓋了一張紅色透明紙，這樣就不會覺得燈光刺眼了。我們一起凝視指南針和圖鑑，距離近到快碰到彼此的額頭，但或許是受到夜晚的氣氛影響，我們完全不覺得難為情。

「好像要先找夏季大三角，再從那裡連到其他星座。」

我們同時仰望正上方，長長的頭髮掠過臉頰。

首先直落眼中的藍白色光點是天琴座α，亦即織女一。那道光芒──織女星就像是夏季天空的女王。織女一的旁邊有一道像白色雲霧的痕跡，那應該就是銀河吧。在銀河的對面應該能找到牛郎星，也就是天鷹座的河鼓二。

「是……是那顆嗎？」

「咦，哪顆？」

「妳看，就是那顆很亮的星星。」

小由用溫柔的笑臉指向天空。我大概知道他在講哪一顆星星，但沒什麼自信。畢竟那裡有成千上萬個光點。

「嗯~是這樣嗎？剩下的天津四，應該在可以和它們連成三角形的地方。啊，小由，我們好像找對了。因為那顆星星就是天津四吧。你看，夏季大三角。」

在那之後，我們像收到新玩具的小孩子般，興奮地將星星連在一起。擁有紅色心臟的天蠍座，然後是天秤座和蛇夫座。當然也有找到天鷹座和天琴座。我們有可能是真的連對了，也可能是連到了錯誤的星星。

但還是很開心。

嗯，我覺得很開心。

我們翻閱圖鑑，討論星星的故事，並且因為一直無法達成共識又互不退讓，變得像是在吵架一樣，但氣氛一點都不緊張。最後，不曉得是誰先笑了出來，另一個人也跟著笑了，整個世界裡，就只有兩人份的笑聲在迴響。

「好，那麼，翻下一頁吧。」

翻頁後，從敞開的書本裡掉出了某樣東西。

我原本將那樣東西夾在介紹七夕的頁面。

撿起來後，我發現那是張粉紅色的紙片。用來許願的短籤上還什麼都沒寫。不對，應該說我沒辦法寫。

「好像是十五光年。」

「咦？」

「織女星和牛郎星的距離。這裡有寫。」

我輕撫著「十五光年」這幾個字。

從這裡看過去，那兩顆星星的距離絕對不算遠，甚至只要伸出雙手就能將它們包住。即使如此，如果要讓這兩顆星星相遇，就算用光速前進也要花上十五年。簡直就像我和小由一樣。

明明離得這麼近，手也握在一起，想法和內心卻離得十分遙遠。

「真遠啊。難怪他們兩人要許願。」

「什麼意思？」

「因為距離遙遠，所以才要許願。祈禱能再次和重要的人相會。」

然後，小由講出了他們許的兩個願望。他仰望著星空說出十分令人難為情的臺詞，但我並不覺得討厭。

「說得也是。畢竟他們是兩情相悅。如果最喜歡的人願意拚命那麼做，並對自己說出那樣的話，一定會很開心吧。」

「由希，也和他們一樣嗎？」

「你說什麼？」

「呃，那個，並不是說我要那麼做，沒錯，我只是好奇一般來講，女孩子對這種事有什麼看法。」

小由說這些話時，仍繼續抬頭望著天空。

「……或許會很開心吧。」

我一試著想像，就稍微露出笑容。幸好小由沒有看向這裡。

至於我想像的對象是誰，這點絕對要保密。

為了掩飾自己的害羞，我和小由一起仰望銀河。

我試著想像橫跨銀河的鵲橋。那座橋的真面目，一定就是小由告訴我的那兩人的願望吧。雖然不是什麼大不了的念頭，但如果彼此都一樣強烈地許願，那一定不管幾次，都會化為讓相隔遙遠的兩人重逢的希望。

我將自己，以及自己該寫的願望，和牛郎織女的故事重疊在一起。

「小由，你有帶筆嗎？」

「有喔。請用。」

我用他從口袋裡掏出的油性筆，寫下不會被消除的願望。小由好幾次都想偷看，但我彎下腰用身體擋住他的視線。

「不可以看喔。」

「無論如何都不行嗎？」

「無論如何都不行。」

「我知道了。」

小由將視線從短籤移到手錶上，用力伸了個懶腰。

「那等妳寫完後，我們就差不多該回去了。已經很晚了。」

「嗯。」

確認我已經將短籤收進口袋後，小由踏出腳步。我原本跟在他的後面，但突然停下腳步，最後再一次仰望天空。然後，我發現了那顆星星。

在傾斜的星空當中，有一道特別閃耀的橘色光輝。據說玻里尼西亞人過去曾以那顆星星為指標前往夏威夷。如果我也仰望那顆星星，朝著它前進，將它當成指標，最後會抵達何處呢？是喜悅，還是幸福呢？

那顆包含了這種願望的星星就叫作——

「荷庫雷亞。」

我用小由聽不見的音量低喃道。

我的喜悅，仍在遙遠的夜空中閃閃發亮。

七月七日。

那一天，我和**這星期**的小由一起去看了七夕的短籤，不過在回到旅館前，我又獨自重返商店街。

綠色的矮竹上，掛著五顏六色的願望。

在橘色的燈光照耀下，每一個願望都散發出透明的光輝。無論是天真無邪的願望、精打細算的希望，還是鼓起勇氣的祈願，全都一樣美麗。

就像星光那樣。

我輕輕拿起一張掛在下方的黃色短籤。

「想要女朋友」。

上面這麼寫著。若這是小由的短籤就好了。他非常晚熟，所以我也不太清楚他對這種事有沒有興趣。

順帶一提，小由的願望一點都不有趣，是希望「成績變好」。因為實在太不有趣了，下次就貼身教他念書好了。就這麼辦吧。

當然，我的願望仍對小由保密。我小心地不被其他人看見，將願望掛在離天空最近的地方。

即使被看見，現在的他應該也不曉得那是什麼意思。

因為他在幾天前和我一起看星星的事實，已經不存在於這個世界的任何地方了。無論是那段對話，還是小由告訴我的答案，一定也都已經消失無蹤了。

我放開黃色的短籤，與眼前這副洋溢著熱鬧光芒的喧囂景象拉開距離。

矮竹的葉子突然晃動。

一陣風吹了過去。

「唔哇，好強的風。」

某人如此說道，大家也稍微騷動了起來。

我像是在追著風的去向般抬頭看向天空，發現有一個願望正隨風飛舞。我忍不住伸出手，接住那個擁有粉紅色的外表，看起來像櫻花花瓣的願望。我反覆翻轉紙片檢視，但還是搞不清楚哪邊是正面，哪邊是反面。

因為上面什麼都沒寫。

究竟是真的從一開始就什麼都沒寫。

還是上面的字在昨天消失了——

我不知道答案，也無從確認。

即使如此，我還是輕輕撫摸那張粉紅色短籤。

我再次朝那張什麼都沒寫的短籤許願。

許下小由那天告訴我的兩個願望。

雖然之前蒙混了過去，但即使當時因為發燒而意識模糊，我還是隱約記得小由帶我回旅館時的事情。我在看見小由的臉後鬆了口氣。他急忙衝到我身邊，讓我覺得很開心。光是被他呼喚名字，就讓我感到安心。

所以，那天晚上。

我連結繁星，許下願望。

「來見我，呼喚我的名字」。

為了讓兩人能夠持續相會所需要的心意。

就像織女向牛郎許願那樣。

就像牛郎向織女許願那樣。

我真切地希望，小由有一天也能為了我這麼做。

我輕輕將什麼都沒寫，形似櫻花花瓣的許願用短籤收進口袋裡。

選票的去向

Contact.193

「阿春~過來幫我一下。」

今天的放學時間，比平常還要吵鬧一點。

走廊上的每個人看起來都很忙，像是沉醉在校內蔓延的氣氛般四處奔走。我的心情也跟著受到影響，變得有些浮動。

我轉向聲音的方向，在不遠處發現朋友的笑臉。

「啊，卓磨。辛苦了。」

「喲。」

變得比昨天更接近冬天的秋風從窗戶吹了進來，讓卓磨的前髮微微晃動。那副模樣看起來莫名地帥氣，實際上，幾個從旁邊經過的女孩子都用熱情的視線看向卓磨。不曉得他到底有沒有發現那些炙熱的視線。

然而，卓磨看也沒看她們一眼，直接走向我這裡。

「你要我幫什麼忙？只要把那些資料搬到某個地方就行了嗎？」

卓磨手上抱著一堆資料，所以我試著如此問道。

「哦。嗯，大概就是這樣吧？」

「為什麼是疑問句？」

「別在意這種小事啦。」

「呃，這讓我突然有股不好的預感。」

「好啦好啦。」

「還是不要幫你好了。」

「別這麼說嘛。反正阿春到最後還是會幫忙，所以不需要再爭論下去吧？不如說這根本是在浪費時間。你還是早點放棄吧。」

朋友十分了解我的個性，聲音裡充滿了莫名的自信。

為了讓高中的最後一場文化祭能夠成功，卓磨自願擔任執行委員，所以他明明是個考生，這一個月卻忙碌地四處奔走。我近距離目睹了他的付出、努力和想讓活動成功的心情。

我察覺自己內心的天秤正在動搖，而且我根本不需要確認最後的結果，因為眼前的朋友已經直接告訴我答案了。

作為小小的反抗，我嘆了口氣後才伸出手。

「嗯。」

「果然跟我想的一樣。謝啦。」

我從卓磨那裡收下一半的資料，因為比想像中還重，差點把資料弄掉的我，稍微慌了一下。

「唔哦。」

「小心點。那些資料可不能被別人看見。」

「是嗎？話說這些要搬到哪裡？教職員辦公室？」

「不，是新聞社。」

「這該不會是……」

我一觀察卓磨的表情，就發現他在奸笑。不好的預感變成確信。

與此同時，自私的我開始在腦中盤算。主要是關於在校成績的事情。如果在三年級的第二學期做了影響成績的事情，應該就沒辦法再挽回了吧。

天秤大幅傾斜。

當然是朝向和之前相反的方向。

「我要回去了。」

「等一下，你要回哪裡啊？」

「當然是自己的班級啊。哎呀，我得幫忙準備展覽才行。」

「不用在意。我已經跟班上同學講好，你不需要幫忙沒關係。」

「嗯，這是怎麼回事？」

「簡單來講，就是你已經不用幫忙準備班級展覽了。相對地，你有別的工作要做。」

「啊？」

「阿春，你應該明白了吧，你已經沒有可以回去的地方了。」

看來卓磨早就背著我完成了某種交易，所以我現在只能感嘆自己的不幸。

「可惡，一群背叛者。」

卓磨開心地走向社團大樓，我只能瞪著他的背影，沒出息地乖乖跟上去。我們從一樓走到二樓。陰暗的樓梯，彷佛平靜的水面般靜謐。我們的腳步聲就像低落水面的水滴般掀起波紋，持續響起和消散。

最後抵達四樓的卓磨瞇起眼睛看向窗外的喧囂，如此宣告：

「你從今天開始，就是新聞社主辦的選美大賽營運人員之一了。」

果然不出我所料。

高中三年級的最後一場文化祭。

我苦難的日子就此開幕。

「哦，選美大賽啊。聽起來很有趣呢。」

走在我旁邊的由希，喝著保特瓶裝的冰紅茶低喃。明明現在已經是秋天，而且她又是叫由希（註：日文中，由希與雪的發音相同），走在她旁邊時卻能聞到櫻花的香味。

今天的空氣非常清新，上方的秋日天空呈鮮豔的橘色，讓人覺得有點寂寥。大概是因為夜晚的時間逐漸變長，或是能和她走在一起的時間即將結束吧。

從學校走回家的這段熟悉的路程，從前幾天開始成了我整天最期待的時刻。

明明只有共度這麼短的時間，她在我心中的份量，卻在不知不覺間變得如此龐大。

「雖然我想說這一點都不有趣，但我一二年級時也玩得很開心，所以實在沒什麼立場說這種話。只是一旦自己成了當事人，就變得很麻煩。」

「哦～原來如此。小由是那種會開心地替女孩子排順位的人啊。」

「幹麼說成這樣！而且這場選美大賽，不論是自薦或被他人推薦，隨時都能拒絕參加。所以真的討厭這種事的人，在事前就會被排除。」

「呵呵。你不用這麼急著找藉口啦。」

「我才沒有著急，也沒在找藉口。」

「你有喔。」

看見由希的笑臉後，我總算發現自己被捉弄了。而且由希自己一開始明明說了很有趣。

「由希的性格真是惡劣。」

「是嗎？」

「是啊。」

「我覺得小由也不遑多讓。」

由希依然嗤嗤笑著。不知為何，明明被她戲弄，又被她說性格惡劣，我還是不會覺得不悅。

一定是因為她的聲音聽起來就像鈴聲般悅耳。

由希像個小孩子般，伸長著腿踏出腳步。她像是在用身體劃開光芒般前進，在她的腳邊形成少女形狀的小小夜晚。明明模仿由希動作的人影臉部一片漆黑，根本看不出表情，卻讓人覺得好像很開心。

「話說回來，難得聽說有高中舉辦選美大賽，一般不都是大學在辦嗎？」

「啊，這是有原因的。」

「原因？」

由希稍微彎下腰，由下往上窺視我。她的頭髮一晃動，就讓我的內心也跟著動搖。糟糕，臉好燙。明明夏天早就已經過了。

她困惑地呼喚我的名字。

所以我連忙開始說明。

為什麼我上的高中會舉辦選美大賽呢？

這背後當然是有它的故事。

事情發生時，我根本就還沒出生。

一切要追溯到三十年前。

如同由希所說，選美大賽通常是由大學舉辦，我們上的高中之所以會舉辦這種活動，是源於學長先烈們的熱情。

順帶一提，我會知道這些事情，是因為我的爸爸就是最早的當事人之一，他喝醉酒時經常會提起當時的事情。

基於衛生的觀點，不能開與飲食有關的模擬店鋪。

因為不符合學校活動的性質，所以不能開鬼屋或迷宮。

展覽品必須和城鎮的歷史或偉人有關。

舞臺劇連一點玩笑都不能開。

三十年前，爸爸他們那個時代的文化祭似乎是走這樣的風格。

而擔憂會因此只能在文化祭留下灰暗記憶的，就是之後絕對不會在歷史上留名的十三位高年級（勇者）生。他們在如今已經十分老舊的體育倉庫後面集合，一起握緊拳頭大喊：

「各位，你們能接受我們的文化祭，高中最後的回憶是這麼無聊的東西嗎？」

以其中一個人的聲音為始，其他人累積的不滿也接連爆發。

「……不能。」

「我不要啊啊啊！這種作法……這種作法根本就是打壓！」

「隨便什麼都好，我想大鬧一場。」

「沒錯，當然不能接受。但要怎麼做？老師他們手上可是握有王牌。」

「在校成績嗎？」

「如果做得太明顯，可是會致命啊。只要犯下一個失誤，我們就沒時間挽回了。」

「可惡。我們居然如此無力。」

他們一定不是真的想認真做些什麼，只是模仿遊戲的延長。只要能夠發洩平日累積的壓力，或是稍微沉浸在非日常的氣氛就夠了。稍微嬉鬧一下後，就會回歸平常的生活。

但在他們當中，只有一個人不是如此。

有一個男人認真懷抱著野心，事情就只是這樣而已。

「我有個想法。」

新聞社社長輕輕舉起手說道。他是個責任感強烈，個性耿直的男人。誰也不曉得為什麼這樣的人會出現在這裡。除了他以外的十二個人面面相覷，但最後全都搖頭。『是你叫他來的嗎？』、『不，我不知道。』、『不是你嗎？』、『才不是。』、『咦，那是誰？』

雖然沒有人實際發出聲音，但困惑持續擴散。

就在這時候，有個人不看氣氛地問道：

「哦～那你說說看啊。」

啊，原來這個話題還要繼續下去，而且還要維持這種氣氛。

剩下的十一個人都這麼想著，但沒有說出口。

「嗯。各位應該都知道吧？我等新聞社在文化祭時發行的特別號。」

「啊，那個超無聊的東西。」

「你有看過啊？真厲害。那個排版都是字，我一看就睡著了。」

儘管差點因為同志們過分的發言陷入沮喪，那個男人還是立刻挺起胸膛。現在不是在意這種事情的時候。

「咳。我想說的是，不如就利用那個特別號來舉辦選美大賽怎麼樣？」

「選美大賽？」

「簡單來講，就是針對我們高中的女性精銳舉辦美少女競賽。不論是自薦或他人推薦都可以，先募集參賽者再說。在文化祭的三天前完成統計，製作只發給學生的隱密特別號，在上面發表結果，但不論是募集參賽者或分發選票，都必須祕密進行才能成功。怎麼樣，各位願意協助我嗎？」

不知是幸或不幸。

或者該說是歷史的必然。

聚集在這裡的十三個人，都是能夠將這種事化為可能的人才。有前學生會長，以及足球社、棒球社、籃球社和網球社的前社長；文化系社團的領導者、個性輕浮但人面廣的同學、學年成績第一名的秀才、莫名受到學弟妹仰慕的人、花花公子、擅長出鬼主意的聰明人，以及能夠樸實地把工作完成的人才。

他們需要的，就只有幹勁而已。

只要點燃那把火，之後——

「來幹吧。」

不曉得是誰說出了這句話。

因為在那裡的十二個人，心裡都同時懷抱著相同的想法。

「哦，來幹吧。」、「這不是很有趣嗎？」諸如此類的臺詞和熱情持續擴散，但大家都沒把最重要的理由說出口。

因為，這樣就算事情曝光，也能把責任都推到新聞社身上。

就在這個瞬間，他們沒想到後來會持續這麼多年的選美大賽，踏出了確實的第一步。

我將從爸爸那裡模糊聽來的故事，配合誇張的動作說給由希聽，讓她笑得很開心。看來她很中意這個故事。

「真不錯。很有青春的感覺呢。」

「我不覺得是那麼了不起的事情，但對爸爸他們來說應該就是這樣吧。他現在還是會很開心地提起這段過去。」

「不過，小由應該不太擅長這種事情吧？為什麼你會去幫忙啊？」

「我是被出賣了。我有個叫朱音的朋友，她根本就只想要找我碴。」

我試著用悲壯的語氣如此說道，由希也不出所料地用力眨了幾下大大的眼睛，所以我繼續說明下去——沒注意到自己誤判了她困惑的原因。

「她叫龍膽朱音。在我們學校可以算是最有名的人吧。她是游泳社的社員，還是個努力家，甚至曾經參加過全國大賽。」

「女孩子？」

「嗯，沒錯。」

「哦，這樣啊。」

由希突然瞇細了眼睛。

「然後呢？」

咦，不知為何，感覺氣氛突然改變了。由希臉上明明掛著笑容，卻一點都不像在笑的樣子。因為她的眼睛裡完全沒有笑意。

我沒來由地感到恐懼。不曉得是不是錯覺，由希發問時，背後似乎出現了一尊阿修羅像。

「嗯……嗯。在我這屆，有一位叫竹原美月的同學。」

「也是女孩子嗎？」

「是……是啊。」

「我知道了。雖然我有些話想說，但還是先聽吧。請繼續。」

我用力揉了一下眼睛，但那尊阿修羅像還是沒有消失，不如說感覺還變大了。我嚥了一下口水，發出奇怪的吞嚥聲。

「呃，那我就繼續說了。嗯。那位竹原同學，在我們學校是個宛如偶像般的存在。從我們入學以來，她已經連續兩年獲得選美大賽的冠軍。這是因為足以和她對抗的朱音，一直以來都拒絕參加選美大賽。但朱音今年表示只要大家能答應某個條件，她就願意參加。」

我和卓磨一起拜訪了新聞社社辦。

在我什麼都不知道的期間，一切已經擅自開始了。我明明是第一次來新聞社社辦，那裡卻已經有我的位子，初次見面的學弟妹們也像是在迎接新社員般，對我露出安詳的表情。甚至還有人朝我比出大拇指，或是不斷朝我眨眼。尚未退出社團活動的同年級生則是露出不懷好意的笑容。

我用視線詢問卓磨這到底是怎麼回事後，卓磨才說出朱音表示只要大家能答應某個條件，她就願意參加選美大賽的事情。

「那個條件就是阿春（我）必須幫忙舉辦選美大賽。」

事情似乎就是這樣。所以身為文化祭執行委員長的卓磨，當然會想拚命完成她的要求，班上的同學也出賣了我。畢竟只要這麼做，就能讓大家這幾年來都想看到的朱音和竹原同學的對決得以實現。

這屆的選美大賽，一定會是最近幾年最熱鬧的一次。

過不久，一直默默聽我說話的由希總算開口：

「為什麼朱音要說出那種話呢？」

「我也不太清楚。卓磨說這大概是某種報復。」

「小由到底對女孩子做了什麼？」

由希的語氣聽起來還是有些不悅，我不自覺地拉高聲調回答：

「呃，那個，就是朱音她……最近好幾次找我一起出去玩，但我全都拒絕了。而且我並不是有什麼特別的事要忙，就只是想一個人出去玩。這好像讓她不太高興。」

由希露出驚訝的表情。

「……你拒絕了？明明約你的人是可愛到或許能在選美大賽中優勝的女孩子？」

「嗯。」

我一這麼回答，由希就不知為何開心地嘟囔著「這樣啊，你拒絕啦」。

「真是的，小由，你真的是個讓人困擾的男孩子呢。」

然後，她用力拍著我的肩膀。

「那個，由希，妳不是在生氣嗎？」

「嗯，我當然會生氣。因為小由在女孩(我)子面前講其他女孩子的事情啊。小由真是不懂女人心，但我原諒你。因為我聽見了令人非常開心的事情。」

呃，我到底說了什麼？

「所以我願意忍耐。畢竟我也要負一部分的責任。小由就努力讓選美大賽成功吧。啊，可是，就算是這樣，有件事情我還是無法接受。該怎麼辦才好呢。」

「什麼事？」

「嗯～先保密。」

由希露出白皙的牙齒，將食指抵在嘴巴前笑道。

女孩子果然很難懂。

「哎呀，阿春學長能來幫忙，真是太感激了。我們人手不足，真的非常困擾呢。」

坐在新聞社唯一一臺電腦前面的二年級生，大久保學弟如此說道。雖然嘴巴上抱怨人手不足，但他自己至少就有兩隻手，只是那兩隻手怎麼看都是在玩。顯示在螢幕上的文書處理軟體一片空白，只有指標迫不及待似的在不停閃爍。

「不用這麼客氣。既然人手不足，就要勤奮一點。」

「遵命。啊。」

「怎麼了？」

「電腦當機了。畢竟這臺電腦已經很舊了。大概要等約三分鐘。」

「真的都不會動耶，不對。既然如此，就去找別的工作來做。啊，峰岸學妹，妳的東西掉了。」

我在說話的同時，幫從剛才開始就一直在社辦內忙東忙西的學妹撿起一本看起來很舊的相簿。相簿的封面已經被曬成褐色，標題也已經磨損到看不清楚，但那應該是這間高中的校名吧。

「啊，不好意思。謝謝。我也真是的，居然把祕傳書給弄掉了。」

「什麼祕傳書？看了就會變得能用必殺技嗎？」

「哎，或許不是不可能呢。」

這樣講讓我有點在意。

我一看向手中的老舊相簿——

「雖然必殺技的事情是開玩笑的，但如果學長想看，可以看喔。」

「真的可以嗎？」

「因為瀨川學長現在也是新聞社的一員。」

「那我就不客氣了。」

翻開第一頁後，我看見一張已經明顯褪色的照片。照片中央有個看起來個性有點強硬，外表非常漂亮的女孩子。我對她的眼神和耳朵形狀有點印象，但應該是錯覺吧。

因為照片底下寫著「第一屆選美大賽冠軍　水森明日香」，而我對這個名字沒有印象。

繼續翻頁後，不出所料又是漂亮女孩子的照片。

「這是？」

「是的。這是選美大賽冠軍的相簿。這本相簿代代都由新聞社繼承，不僅禁止外借或影印，非社員想看也得先獲得許可。過去甚至曾因為這本相簿發生過暴動，是非常貴重的資料呢。最後的頁面刊載了竹原學姊的照片。連續兩年奪冠真的很厲害，如果締造三連霸，就是前所未有的創舉了。」

峰岸學妹不知為何顯得有些得意，我將相簿闔上交還給她。

「不要把這麼危險的東西弄掉啦。話說回來，妳拿到所有班級的名簿了嗎？」

「是的，也已經把名字都記在選票上了。」

「如果有錯會很麻煩，所以再檢查一次好了，能夠以班級為單位，將排版弄得更淺顯易懂嗎？大久保學弟，你去幫她。」

「遵命。」

「我明天早上就要發給各班班長，所以希望可以在今天之內完成。」

「咦？瀨川學長，你不用幫忙做到這種程度啦。」

「沒關係啦。由我負責發給班長，這樣就算被老師看見，也比新聞社的人好找藉口。我和執行（卓磨）委員長交情很好，只要說是在幫他跑腿就好。那就拜託你們啦。」

對光明正大偷懶的學弟，以及打算獨自攬下過多工作的學妹下完指示後，我回到分配給自己的座位，就在這時候，現任新聞社社長田邊衝進社辦。他的眼睛底下有著濃濃的黑眼圈，而且每次見到他都覺得他的臉變得比之前還憔悴，這應該不是錯覺吧。

他一看見我，就發出像活屍的聲音。

「阿春。給老師看的掩飾用特別號的報導準備得如何？」

「已經拜託三年級各班的執行委員做了。主題沿用四年前的就行了吧？呃，內容是展覽的亮點，以及目前關注的班級。期限都是到今天為止，所以應該就快送過來了。」

「啊，瀨川學長。C班和E班的份已經收到了。就放在我的桌上。」

峰岸從名簿裡抬起頭說道。

「聽到了吧，田邊。不好意思，麻煩你確認一下原稿。」

「你還想再把工作塞給我啊。」

「總不能由我來確認吧。我畢竟只是個來幫忙的。」

說話的同時，我也在看手中的資料。如果不這麼做，桌子馬上就會被一堆紙張掩埋。我負責檢查錯漏字，排版則是由田邊確認。我將不是由我負責的工作全移到田邊桌上後，田邊露出真心感到厭惡的表情，但他還是裝作沒注意到。田邊很清楚就算抱怨也無濟於事，除非我刻意提起，否則他應該不會主動抱怨吧。

因為總算開始能看見淡黃色的桌面，我稍微鬆了口氣，看向記載了各人行程的白板。在我的名字底下，寫著「下午五點三十分　採訪（龍膽朱音）」。這是要用在發選票時附的參賽者介紹頁上。

光是今天，我大概就已經看了那個行程好幾十次，但不管看幾次，當然都不會消失。

「吶，田邊。」

「嗯～你一定要去喔。畢竟人家都指名你了。」

正皺著眉頭，以猛烈的氣勢用紅筆改稿的朋友，沒聽完我想找他商量的內容就直接打斷我。

「不過，你不覺得採訪自己的朋友很尷尬嗎？」

「別要求太多了。要是被朱音大小姐的崇拜者聽見，你可是會被殺掉喔？真要說起來，你就是因為朱音大小姐提出的條件，才會出現在這裡吧。」

「確實是這樣沒錯。」

「既然如此，就好好完成你的工作。」

田邊瞪向看起來完全沒減少的文件堆——

「這是我的工作，那是你的工作吧。」

既然感覺比我忙十倍的田邊都這麼說了，那我也無法反駁。看來是該覺悟的時候了。我的嘆息聲沒有傳入任何人的耳中。大家都在忙著面對自己的責任和工作。

不能只有我一個人逃避。

「那麼，我出發了。」

「嗯～慢走。」

我拿著錄音機和筆記紙，在朋友的激勵下走出社辦。這個放學後連關門聲都會讓人覺得吵的房間，是個比我一開始以為的還要舒適的地方。

為了進行採訪，我們事先在社團大樓內準備了一間空教室。

我拉開教室的門後，看見有兩組桌椅被面對面並排在一起，朱音已經坐在其中一張椅子上。她姣好的面孔顯得十分不悅，看起來心情不太好。

「抱歉，讓妳久等了。」

「嗯。」

朱音簡短回應，用手托著下頷，看也不看我一眼。

她平常不會這樣，所以我困惑地在另一個空位坐下，再次呼喚她的名字。

「朱音？」

「嗯？」

她的反應果然還是很薄弱。

但我也不能繼續這樣浪費時間，所以即使沒有必要，我還是用筆記紙的邊緣敲了一下桌面，試著吸引她的注意。這是在暗示她要開始採訪了。即使如此，朱音還是不肯看向這裡。

此時，我總算發現她的脖子有點紅。該不會——

「朱音，妳在緊張嗎？」

「怎樣，不行啊？」

「呃，是沒什麼關係啦。不過……」

「不過什麼？」

朱音總算看向這裡，但她的眼神既銳利又帶有一點殺氣。

「妳不是已經習慣被人採訪了嗎？」

不只是這間高中，龍膽朱音無疑是這個城市的英雄。她擁有無論男女老幼都會喜歡的外表，以及如太陽般開朗的個性。她不僅具備能靠游泳進軍全國的才能，還是個能夠付出相對應努力的女孩。別說是這種學生採訪了，她甚至曾登上本市的宣傳雜誌好幾次。這樣的朱音，為什麼現在還會緊張？

「唔。雖然我很習慣這種事，但我不習慣被阿春採訪啦。」

朱音用力拍著桌子說道。

「雖然聽不太懂妳在說什麼，不過是妳指名我來採訪的吧。」

「是這樣沒錯，是這樣沒錯啦。阿春，你是不是常被人說不懂女人心？」

我前幾天才被由希說過一模一樣的話。儘管我也有自覺，但還是不喜歡一直被人這麼說。

「吵……吵死了。話說這和現在的事情無關吧。」
「非常有關吧。阿春這個笨～蛋。笨～蛋。算了啦，你可以開始了。」
「我本來就是這麼打算。」
我不甘示弱地按下錄音機的開關。機器開始發出「嘰嘰嘰」的運轉聲。
陽光被窗戶切成長方形照在地上，將我們的半邊身體染成紅色。
「那麼，咳。龍膽朱音同學，請妳說明自己參賽的理由，並說句充滿幹勁的話吧。」
「這樣就行了嗎？」
「嗯。因為一個人只有十行的空間，所以請簡短一點。」
「順便問一下，阿春覺得我參加的理由是什麼？」
「我說啊。我怎麼可能會知道。如果我知道的話，就不需要採訪了吧。」
「我有想要的東西。」
「那是什麼？」
「嗯～現在還要保密。」
「這樣根本就不算是採訪吧？」
「那就直接結束吧。」
朱音從桌上探出身子，將手伸向錄音機。她按下開關停止錄音。現場陷入一片寂靜。直到現在，我才突然意識到自己正在跟女孩子獨處，晚了一步才開始緊張。用力嚥下口水的聲音在在強調出我有多麼緊張。

「妳……妳還沒有對大家說一句話。」

理應已經看慣的朱音的臉，看起來和平常不太一樣，這一定是受到夕陽甜美光輝的影響。

「那種東西隨便寫寫就好了吧。像是『我會加油』或『請支持我』之類的。喂，比起這個，我有件事情想問你。阿春，你去年是投給誰？果然是美月嗎？」

「是……是啊。我去年投給了竹原同學。哎，反正不管投給誰都一樣。既然如此，投給最受歡迎的人應該最安全吧？」

我對自己最後補充的那段話感到羞愧。我到底是在對誰找藉口？

「哦，這樣啊。那今年呢？」

「咦？」

「你今年要投給誰？」

朱音進一步逼近。響亮的心跳聲究竟是來自我還是她？我的視線繞了一圈後，對上了朱音的眼睛。感覺上次這樣已經是很久以前的事情了。朱音的眼睛、鼻子和嘴唇，都在伸手可及的範圍內。與此同時，我們也都意識到自己離對方太近了。

近到只要其中一方有那個意思，就能將一切都納入手中的程度。

「朱……朱音？」

然後，朱音猛然後退。

「唔哇。對……對不起。我說了奇怪的話，希望你能夠忘掉。」

「嗯……嗯。」

朱音轉過身，縮起身子，將手抵在臉頰上不斷呻吟。她今天有點奇怪。而我也一樣奇怪。為什麼心臟會跳得這麼快？

掛在牆上的圓形時鐘，指針仍持續前進。一分、兩分、三分，時間不會停止，只會持續流逝。現在這個世界上，一定只有我們兩人是靜止的。

沉默讓心跳愈變愈快。

先受不了的人是朱音。

「話……話說阿春，你知道這場選美大賽開始的真正原因嗎？」

「真……真正原因？我大概知道。因……因為我爸也有參與。」

我們的對話非常僵硬，宛如演技拙劣的劇團演員在呆板地唸臺詞。啊，不過每說一句話，就會像生鏽的齒輪互相咬合，開始重新轉動一樣，剛好能當成潤滑劑。

「哦，這樣啊。其實我爸也一樣。不過，你知道的原因應該和真相有點落差。」

「什麼意思？」

「你知道提議舉辦選美大賽的人，是新聞社社長吧？我媽最近才告訴我，其實我爸就是那個社長。所以身為女兒的我才會知道真相。知道某個愚蠢、膽小又沒骨氣，但仍鼓起所有的勇氣，盡全力動沒什麼用的歪腦筋的男孩子，當初是想獲得什麼東西。而且，我也想要那個東西。」

「什麼意思？可以講得再淺顯一點嗎？」

「你很在意？」

「畢竟妳都說到這個地步了。」

朱音從椅子上起身，將手伸向逐漸昏暗的天空。夕陽的光輝從朱音細長手指的縫隙流洩而出，照亮她的臉頰。

她像是在思考什麼般瞇起眼睛。

「那麼，後續的內容就留待下次再說吧。等我順利獲得冠軍之後。」

朱音沒有看向我，直接說道。

採訪結束後，我走在走廊上。不對，其實我根本沒採訪到什麼。朱音的態度、她說的那些話，以及選美大賽的真相。從緊張中獲得解放後，這些事就一直在我腦中翻騰，但我根本找不到答案。

我不曉得該怎麼做才能讓這份感情沉靜下來。

等回過神時，我已經回到社辦前面，一如往常地拉開教室的門，像平常那樣開口：

「我回來了。」

「哦。」

然而不知為何，迎接我的不是平常那些新聞社社員，而是卓磨。他躺在紅色沙發上，專心看著放在社辦裡的幾年前的舊漫畫。

「你在幹什麼？」

「來交原稿啊。期限是到今天吧。」

田邊配合卓磨的話，拿起一張紙晃了晃。

「那為什麼在看漫畫？」

「只是休息一下啦。不好意思，阿春，你可以稍微安靜一下嗎？」

「為什麼？」

「我正看到精彩的地方，再給我五分鐘就好。」

「給我滾出去工作啦。」

「哎呀，卓磨學長應該也很累了。」

不知為何，大久保學弟居然開口幫忙緩頰。唉，頭好痛。

「為什麼卓磨比我有人望啊？」

「大概是平常的累積吧。」

我領悟到不管對哼著歌看漫畫的卓磨說什麼都沒用後，將幾乎沒錄到音的錄音機和空白的筆記紙放到桌上。我慰勞了一下喊著「阿春學長，影本整理好嘍」，看起來十分期待被稱讚的兩位學弟妹後，擦掉白板上朋友的名字。

然後，卓磨準時用五分鐘看完漫畫，滿足地起身。

「我放心了。」

「放心什麼？那部漫畫最後是好結局嗎？」

「這也是一點。阿春似乎適應得還不錯呢。畢竟突然就硬派了這種工作給你，所以其實我還滿在意的。抱歉啦。」

卓磨的口袋突然開始振動，接著他居然從裡面掏出手機。

「這裡禁止用手機吧。」

「別這麼不知變通啦。只限於文化祭期間而已。如果沒有這個，就沒辦法下指示了。」

咦，什麼？」

卓磨接起電話後沒多久，就突然換了表情。所有人都感覺到現場的氣氛變得緊張，將注意力集中在卓磨身上。

「不妙。」

「怎麼了？」

「好像被古里那傢伙發現了。她正朝這裡過來。」

雖然不曉得以前是怎麼樣，但現在大部分的老師都默認了選美大賽的事情。畢竟有些老師以前也是這裡的學生，我們也規矩地作了掩飾用的特別號。當然還是不能引發問題，我們也努力以此為目標行動。

不過也有人絕對無法容許這種事。

古里老師就是其中的代表。她是今年才來我們高中教書的新任女老師。雖然古里老師個性認真，上課方式也簡單易懂，但她有點不知變通，所以也有很多學生不擅長應付她。

「為什麼會被她發現？」

「不知道。只知道古里人在南校舍，五分鐘內就會來到這裡。」

我急忙看向攤在桌上的選票。峰岸學妹遵照我的指示，將它們排得十分整齊。再來就是電腦裡那些不知何時已經完成了八成的介紹頁資料。

卓磨很快就做出決斷。

「把選票塞進紙箱裡，從陽臺轉移到樓下的攝影社。電腦呢？」

大久保學弟愧疚地舉起一隻手。

「不好意思，還在當機。」

「真的假的，居然偏偏在這種時候。沒辦法了。強制關機吧。」

「可……可是這樣資料或許會消失。」

「應該有備份吧？」

「沒有呢。」

「幹麼講得這麼得意。唉，真是的。」

卓磨不悅地啐道，然後焦躁地揪住我。

「阿春，你去拖延古里的腳步。」

「為什麼是我？」

「她對你的印象很好，不是嗎？聽好了，你只需要爭取五分鐘的時間。剩下的我會想辦法搞定。」

在說話的同時，卓磨已經展開下一步的行動。他用手機接連聯絡了好幾個人，但視線始終停在我身上。

我試著在腦中模擬策略。

去找古里老師，問她關於未來出路或課業上的問題。不行，在想像中撐不過一分鐘。只有時間不斷流逝，除了我以外的所有人，都在盡其所能完成自己的任務。

原本一臉焦躁的卓磨，突然露出一個似曾相識的表情，就像是在說——

反正阿春到最後還是會幫忙，所以不需要再爭論下去吧？不如說這根本是在浪費時間。

這個朋友極為了解我的性格，並對我抱持著莫名的信賴。

所以我跑了起來。我不得不跑。

為了爭取他託付給我的五分鐘。

我衝過走廊，跑下樓梯。如果是從南校舍過來，應該會走二樓的連接走廊。我從四樓衝向三樓，在一口氣跳下七階樓梯時，發出彷彿有東西破裂的巨大聲響，然後順勢衝向二樓。

如同先前的預測，我發現了目標人物。

雖然古里老師是個美女，但眼鏡後面的眼神十分銳利，給人嚴肅的印象。她一發現我，就一如往常地用氣勢凌人的聲音——

「喂，瀨川。不要在走廊上跑。」

「對不起。」

跟我想的一樣，成功吸引她的注意了。接下來才是關鍵。我姑且擬定了對策，但不覺得能夠成功，但既然沒有替代方案，也只能硬著頭皮上了。

我在古里老師面前放慢速度，稍微不自然地彎腰按住肚子——就像是在制服內藏了什麼東西似的。

「等等，你那麼急是要去哪裡？」

「去……去廁所。」

「你肚子不舒服嗎？」

「嗯……嗯。」

我拉高聲調，迴避她的視線。懷疑我，快懷疑我啊。

懷疑從新聞社社辦的方向跑來這裡的我，身上藏了什麼東西。

只要她懷疑我，就能和她對話。這樣應該能爭取一點時間。

然而——

「這樣啊。不好意思攔住你。快點去廁所吧。」

古里老師如此說道。

「呃，那個。」

「但不可以在走廊上奔跑喔。」

「好……好的。」

我漏洞百出的作戰，理所當然地失敗了。

不僅如此，古里老師的溫柔還讓我感到非常愧疚。

「怎麼了？快點去啊。」

「呃，那個，所以說……」

不行。我想不出任何辦法。就在這時候。

我剛才跑過的走廊，又跑出了一個人。是大久保學弟。他和我一樣彎著腰，環抱雙臂。

然後，他在發現我們，不對，發現古里老師的瞬間，就試圖改變前進的方向。光是這些技術，就讓我（失敗）和他（成功）產生極大的區別。

「站住。大久保，你要去哪裡？」

「我要去廁所。」

「……你藏了什麼東西？」

「什麼都沒有啊。」

眼前是我之前想像的場景。

「阿春學長剛才也是用跑的吧。我都看見了。」

「瀨川是肚子不舒服。」

「我也是，所以要去廁所。」

「少說謊了。」

「我才沒說謊。我是真的要去廁所。話說為什麼老師相信阿春學長，卻不相信我啊？」

「因為你之前曾經用同樣的藉口，在上課時間溜出去五次。」

古里老師的咆哮在走廊上迴響，聲音大到彷彿整棟社團大樓都跟著晃動，但大久保學弟並沒有因此動搖。

他接下來的手段實在是太漂亮了。裝傻，裝傻，讓對方焦躁。直到我負責拖延的五分鐘過了以後，他才放棄似的說道：

「其實正門那裡好像有藝人來。」

「藝人？」

「哎呀，其實我也不曉得詳情，但聽說出現了一個大美女，吸引了不少人聚集在那裡。既然聽到了這個消息，身為新聞社的人怎麼能不去採訪呢。」

大久保學弟像是要使出最後一擊般，從制服內側的口袋掏出小型數位相機。

「唉。既然是這樣，那就由我過去吧。我不能對騷動置之不理。大久保，你先回去社辦。我晚一點會過去。啊，你可別想逃跑喔。」

古里老師就這樣丟下我們離開了。看來她已經完全忘了我的事情。直到再也看不見她氣勢凌人的背影後，我才低下頭說：

「得救了。」

我一個人根本就撐不到三十秒。

「辛苦了。」

「電腦呢？」

「在那之後就馬上恢復了，我們有備份，紙箱也移到其他地方了。所以我才來這裡幫忙。」

「這樣啊，太好了。」

「真是幸運呢。我本來打算引發騷動，吸引古里老師的注意力，然後就收到正門前面來了個超可愛的女孩子的消息。正好可以拿來利用。現在正門那裡應該聚集了三十個人吧。是卓磨學長煽動大家過去的。啊，但真是太遺憾了，我也很想看呢。那個女孩好像真的非常可愛。據說就連龍膽學姊和竹原學姊都遠遠比不上呢。」

正門？

美少女？

我直到現在才注意到這些要素。

「阿春學長？」

心裡有股不好的預感。

而且是非常非常不好的預感。雖然還沒到約定見面的時間，但自從認識她以後，她一直都是在正門等我。更何況在我認識的女孩子當中，就只有一個人比朱音還要漂亮。

「你要去哪裡？咦？該不會真的是要去廁所？」

學弟的推測可以說是錯得離譜，但我無視他的呼喊。

我用比剛才還要快好幾倍的速度衝下樓，沒換鞋子就直接跑到正門。

跟我剛才聽說的一樣，被卓磨唆使的學生圍成一團。看來古里老師還沒到。她一定是用走的吧。

「喂，讓開。不好意思，讓一下。」

我硬擠進人潮裡後，又是被別人的肩膀撞到，又是被別人的手肘頂到，甚至還被人抱怨。好痛，但這都不是什麼大問題。因為我其他地方更痛。

我的心很痛。

這股疼痛催促著我行動。

在那前方——

「啊，小由。我說啊，這是怎麼回事？我做了什麼壞事嗎？」

我發現慌張到快哭出來的由希。

「對不起，請妳原諒我。」

我在古里老師抵達前，將由希帶到附近的家庭餐廳。由希坐在椅子上，持續用剛才拿在手上的書遮住自己的臉。

「不要。」

「我都跟妳道歉了。」

「我說不要。我當時真的很害怕耶。突然被一堆人包圍，而且大家的眼神都好恐怖。沒想到居然是小由害的。真是難以置信。」

由希顫抖的聲音，聽起來一點都不像在生氣，更多的是恐懼、羞恥和困惑。與其這樣，我還寧願她對我生氣。

「對不起啦，由希。」

雖然她可能看不見，但我用力把頭低到桌上。

或許是被誤會為情侶吵架，即使店內十分嘈雜，我還是清楚聽見了其他人在談論我們。當中有百分之九十九，不對，還是坦白講好了。百分之百都是在批評我的聲音——那個傢伙居然把那麼可愛的女孩子弄哭了，如果是我……

換成你們又能怎麼樣。難道你們能夠不傷害由希嗎？即使能夠忽視其他雜音，唯獨這句話深深刺進我的內心。

時間不斷流逝。

我也一直維持低頭的姿勢。

「——想吃。」

「咦？」

「……我想吃聖代。」

我連忙抬起頭。

我沒聽錯。這確實是由希的聲音。

雖然還是無法確認她的表情，但我很高興她主動開口，所以緊抓著這個希望不放。我立刻把店員叫來，點了聖代和飲料吧。

直到店員約五分鐘後端了聖代過來，由希才總算解除書本屏障。她漂亮的臉蛋變得通紅，連鼻尖、臉頰和眼角都無一倖免。

「我真的很害怕耶。」

「對不起，對不起啦。」

由希再次皺起眉頭。她像是要將這些感情一併吞下去般，開始吃起了聖代，用顫抖的聲音說著「唔～真好吃」，然後——

「我想喝紅茶。」

「我知道了。要喝熱的還是冰的？」
「熱的。」
「了解。」
我按照吩咐幫她準備飲料，點了新的蛋糕，又安撫了她二十分鐘後——
「對不起，由希。」
我再次試著向她道歉。
這次由希總算吸著鼻子，點頭說道：
「我知道了，原諒你。」
這句話讓我暫時鬆了口氣，但由希再啟朱唇：
「我希望你再答應我最後一個要求。」
「我什麼都答應。」
「一定喔？」
「嗯。」
由希看著我的眼睛點點頭，然後說出她的要求：
「那麼，我希望小由能在選美大賽的選票上寫我的名字。」
「這是什麼意思？」

「當然就是字面上的意思。」

「呃，由希又不是我們學校的學生，就算這麼做也沒意義吧。最後只會多一張廢票。」

「不對。這麼做是有意義的。」

由希像是在說非常重要的事情般低喃道：

「唯獨你的選票，我希望上面既不是朱音，也不是美月，而是我的名字。這樣就夠了。對我來說，那樣的一張票，比幾百或幾千張有效票還要有價值。」

「嗯～我果然還是不曉得這麼做有什麼意義，但既然妳如此希望……」

沒錯，只要是由希的願望，我無論如何都會想要替她實現。

「我會寫妳的名字。畢竟這又不是什麼大不了的事情。」

「就這麼決定了。說謊的話，你就慘嘍。」

由希用淚水未乾的眼睛，認真看著我說道。

我困惑著該如何招架，最後挑了個無關痛癢的話題。

「啊，話說這張書籤好可愛。」

我看向夾在書本裡的書籤。

「可愛？這上面明明沒有任何圖案。」

「呃，那個，對了。粉紅色很好看呢。跟櫻花的顏色一樣，非常漂亮。」

唉，我到底在說什麼啊。由希一定也被我嚇到了——

我的思考到這裡就停住了。

因為由希笑得非常開心。

我今天第一次見到她的笑容。

「謝謝誇獎。沒錯，這個很漂亮呢。不過其實這不是書籤——」

然後，她如此說道。

「這個是我的『願望』。」

就結論而言，文化祭大獲成功。選美大賽的結果遠遠超出當初的預期，由朱音獨攬總有效票數的四成，獲得壓倒性的勝利。然後，現在——

我在晴朗的天空下，將攝影社祕藏的數位單眼相機對準朱音。為了將獲得選美大賽冠軍的朱音記錄在祕傳書內，我必須幫她拍照。鏡頭對面的朱音將手伸向變紅的紅葉，然後抓住其中一片拿到嘴邊，遮住自己的嘴唇。

「以前好像也有過這樣的事情。」

朱音開心地笑道，讓我忍不住按下快門，伴隨著快門聲，某個世界上只有我知道的一瞬間被保留了下來。

「你剛才拍下來了？」

「不行嗎？」

「當然不行。」

「為什麼？」

「因為我根本就還沒開始擺姿勢。」

不知為何，她的聲音聽起來不像平常那麼有精神。

「不需要特別擺姿勢吧。」

我認識的攝影社社員像在面對殺父仇人般，將這臺數位單眼相機借給我時，教了我一個訣竅，那就是一直拍就對了——「聽好了，阿春。我沒打算跟你說什麼快門速度、焦點或感光度之類有的沒的。那些麻煩的事情，這臺相機都會自動幫你搞定。你的工作是和龍膽同學說話，抓準她放鬆的瞬間不斷拍照。不管是拍幾百張或幾千張都沒關係。這樣就算是你這個外行人，或許也有機會拍到奇蹟的一張。」

這並不是什麼難事。

啪嚓。

我再次將其中一個瞬間記錄下來。

「啊，你又拍了。」

「因為這是我最後的工作。」

隔著鏡頭，我看見朱音焦急、困擾、生氣和鬧彆扭的表情，並將這些景象一一化為資料（回憶）保存下來。

「我就叫你不要拍了。要拍就拍可愛一點啦。」

「不用擔心，都很可愛。」

啪嚓。

我像平常那樣隨口應道，繼續拍照。

「咦？」

啪嚓。

映照出來的整片世界——

「你……你你你在說什麼啊？」

「呃，不可愛的話，應該沒辦法拿下選美大賽的冠軍吧。」

啪嚓。

都比手邊的紅葉還要紅——

「啊，原來如此。說得也是。不然阿春怎麼會……」

「不用擔心，我也這麼認為喔。」

「咦……咦咦咦？」

啪嚓。

充滿了驚訝與無上的喜悅——

「真……真的嗎？」

「那當然。」

我每次按下快門，朱音都會變得愈來愈有魅力。

所以，我在用食指按下這次快門的瞬間就知道了。下一張一定能拍出最美麗的朱音。

「這樣啊。呵呵。好開心喔。」

——啪嚓。

跟我預期的一樣，眼前的女孩露出了我從未見過的美麗笑容。那道溫暖的笑容，充滿了無上的幸福。

拍到一個段落後，朱音搶走相機說要確認照片。等相機在約十分鐘後重新回到我的手中時，之前拍的大量照片已經變得只剩下兩張。

其中一張是用紅葉遮住嘴唇。

另一張則是朱音的笑容（最漂亮的一張）。

「為什麼？」

「其他照片不需要吧？相簿就用這張紅葉的照片吧。然後，你把這張笑的照片印兩張出來後，就直接刪掉吧。不可以給別人看喔。」

「為什麼要印兩張？」

「……朱音小姐我很溫柔，所以想給努力的阿春一點獎勵。一張是給我自己，另一張是用來給你的。高興吧。這好歹是學校裡最受歡迎的女孩子的照片呢。」

朱音快速說完這些話後，像是為了不讓我看見她的表情般，小跳步地前進。她原地轉了一圈，讓裙子隨著紅葉一同飛舞，變得比夏天時長了一點的頭髮也跟著晃動，就只有筆直盯著我看的眼睛毫無動搖。過不久，朱音開口說道：

「啊，對了。我得遵守約定才行。」

朱音在徹底被染成紅色的世界裡，重啟之前的話題。

「很久以前，在大約三十年前，有個膽小的男孩子。他一直單戀著一個以全學年第一美女聞名的女孩子，但別說是告白了，他甚至不敢向她搭話。」

朱音持續倒著往後走。但在這個寧靜的地方，她的聲音沒受到任何阻礙，確實傳達到我這裡。

「他們在不知不覺間昇上了三年級。秋天剩下的活動，就只有文化祭和考試。他當時是這麼想的。就算只有一點點也好，想要為這場戀愛留下一些紀念。於是他想出了一個鬆散的計畫，但最後還是順利實現，並獲得了想要的結果。他拜託那個女孩，讓他留下冠軍的紀念。剩下的事，你應該都知道了吧？」

我看向手上的相機。

上面顯示出全學年，不對，全校第一的美少女的照片。那張臉，和祕傳書第一頁上的美少女的眼睛重疊在一起，耳朵的形狀也一模一樣。

「朱音的媽媽，以前是姓水森嗎？」

朱音點頭。

「這場選美大賽，是因為我爸爸想要媽媽的照片才開始舉辦的活動。他們兩人現在也很珍惜當時的照片喔。爸爸當然不用說，那對媽媽而言，也是全世界最重要的照片呢。」

朱音曾說過有想要的東西。該不會那就是……

「你發現了嗎？沒錯，我想要的就是這張照片。因為媽媽每次提起這件事時，看起來真的都很開心。害我也忍不住跟著害羞起來。」

「那妳應該要找拍照技術更好的人來拍吧？我真的是個外行人喔？」

「不對。不管是技術多好的人，都沒辦法把我拍得更漂亮。這是全世界只有一個人，只有阿春能拍出來的照片喔？」

「被妳誇成這樣，我會很害羞耶。原來我有拍照的才能啊。」

「笨蛋。才不是那樣。不過，真的很感謝你。這樣我在高中生活的最後一場活動，也留下不輸給爸爸和媽媽的回憶了。所以，我才想分你一點回憶。能收到我的照片，真是太好了呢。」

朱音沒等我回答，就再次轉身背對我。

然後，那道背影表現得像是突然想起什麼事般，向我問道：

「吶，阿春。你這次也是投給美月嗎？」

「咦？不，我沒投她喔。」

「這樣啊，那就好。」

說完後，朱音繼續直直地向前走。

她的身體左搖右晃，看起來很開心。

總覺得朱音似乎誤會了什麼。

所以，我也沒辦法再繼續說下去。

說出我的選票上既沒有記載竹原同學的名字，也沒有朱音的名字。

我不知為何投了一張空白票。

關於那張廢票的去向。

我是在秋天快結束的放學後，與白紙上的那個名字相遇。

那個非常漂亮的女孩，帶來了我們一起度過的最後的冬天。

Side-A她的戀情

Contact.212

「早安，朱音。」

許多朋友向我打招呼。

有趣的是，即使是一成不變的晨間招呼，說的人不同還是會給人不同的印象。

活潑、慵懶、睏倦，或是莫名充滿幹勁。

如果應該是透明的聲音也有顏色，一定會用鮮豔的色彩，讓世界變得更加美麗吧。

「大家早。」

我挺起胸膛，從體內發出宏亮的聲音。

不屬於任何顏色，只帶有我個人色彩的「早安」，在爽朗的晨間空氣中逐漸消散。

那就像是被這個世界接受一般，讓我瞬間產生一股強烈的喜悅。

更重要的是，大聲說話讓我覺得很舒服。

我吐著白色的氣息，將手扠在腰上，眺望眼前這條熟悉的道路。

從太陽延伸出來的光帶由橘變黃，再由黃變白，最後變成淡藍色逐漸化開。夜晚的界線被節節逼退，最後與陰影同化。長在路邊的無名小草隨風搖曳，上面的露水被陽光照得閃閃發光。

再過一個月，就看不到這副景色了。

下一個春天，這條街的櫻花重新綻放時，我，不對，我們已經從這間學校畢業了。

這讓我產生了些許的感傷。

「朱音，妳太大聲了。」

此時，我聽見一道因為呵欠而變得模糊的聲音。停下腳步看向聲音的方向後，我發現同班的御堂卓磨正走向這裡。

他刻意做出用手摀住耳朵的樣子，雖然我沒鬧到這樣就生氣，但他似乎期待這樣的反應，所以我嘟起嘴瞪向他。

哎，這就是所謂的「固定橋段」。

「畢竟是十人份的早安，所以當然要大聲一點。」

「不，就算是這樣也不需要用十倍的音量吧。」

「才沒有到十倍那麼誇張。你到底在說什麼啊？」

「不不不，應該有吧。妳看，一年級的學生都僵住了。」

「啊？才沒有這種事……」

我順著卓磨的話看向旁邊，和一個在制服衣領上別著「I」字別針的男孩子對上視線。

對方明明當了將近一年的高中生，制服看起來卻還很新，臉上也還殘留著一些稚嫩。

那張稚嫩的臉顯得有些困惑。

雖然非常遺憾，但看來卓磨說得沒錯。

我試著用笑容蒙混過去，但那個男孩立刻羞紅了臉，快步走向學校。他好好行了一禮後才快步離開的身影，看起來非常惹人憐愛，一想到自己居然嚇到了這麼乖的孩子，就讓我愧疚不已。

「嘿嘿，妳被人家避開了。」

相較之下，卓磨真的是一點都不可愛。

「吵死了。」

如果從正面攻擊，打到鈕釦會很痛，所以我賞了他的側腹一拳。

當然我並沒有認真，只是輕輕打了一下。沒錯，我將力道控制在普通男孩子大概會彎下腰抱著肚子呻吟的程度。

儘管從拳頭那裡傳來一定的手感，但卓磨只喊了一聲「好痛」。看來即使已經退出社團活動一段時間，他在籃球社鍛鍊出來的腹肌依然建在。

話雖如此，他現在已經不像以前參加籃球社時那樣，帶著鞋袋和大大的便當盒了。他和放學就直接回家的那些人一樣，只帶了一個裝著文具和幾本筆記的手提包。

對過去用來抓球的手掌來說，手提包的把手似乎有些不足。

「那看起來很輕呢。」

卓磨笑著輕輕用手指提起原本背在肩膀上的手提包。

「妳知道嗎？即使過了半年，我還是無法習慣。」

「我知道。因為我也一樣。」

我的包包裡也已經沒有泳裝、泳鏡、毛巾和肚子餓時能偷吃的零食。

因為退出游泳社，變成普通的考生後，我就不再需要那些東西了。

「是啊。難得現在都不用再早起了。」

「假日也可以休息呢。」

我們細數退出社團活動後變輕鬆的地方，繼續走向學校。這條好像很長但實際很短的上學路，不知不覺間也接近了終點。

「肚子都不會餓。」

「不用在這麼冷的天氣裡跑步。」

「行李變輕。」

「不用被教練吼。因為上課時不會想睡，所以也不太會被老師罵了。」

「確實是這樣呢。再來就是不用打掃社辦。而且因為不需要買東西吃，能用的零用錢也變多了。還有不必擔心受傷。好處真的說不完呢。」

「不過，果然啊。」

「是啊。」

「嗯。」

我們沒有繼續說下去，也沒有互相安慰，只是持續前進。雖然我和卓磨的身高差了十公分以上，但我們看的東西都一樣。

明明不覺得痛，但不知為何還是會覺得鼻酸想哭。

就在這時候，我在前面那群學生裡發現了熟悉的背影，讓我的內心忍不住興奮起來。不論寂寞、悲傷還是冬天的寒冷，都瞬間被單純的我遠遠拋到腦後。

「喲，阿春。」

明明是我先發現的，卓磨卻比我早一步向對方打招呼。

「啊，早安，卓磨。」

「喂，阿春，你聽我說。這傢伙剛才被一個一年級生避開了。」

感覺卓磨好像要開始講些多餘的事，所以這次我認真踢了他的小腿一下。

卓磨大聲喊痛，像隻青蛙般跳個不停。他欲言又止地瞪向我，但錯的人是他。明明這種事根本就不需要特地向阿春報告。

我理所當然地直接忽視卓磨的視線，朝阿春露出微笑。

阿春。

本名是瀨川春由。

我和卓磨共通的朋友。同時也是我——

「早安，阿春。」

「早安，朱音。卓磨怎麼了嗎？」

「誰知道？大概是念書念過頭，所以發神經了吧？」

「他一直在瞪妳耶。」

「他本來就長這個樣子。比起這個，我們快點去學校吧。」

我稍微積極一點，抓住阿春制服的下襬。其實我是想牽他的手，但實在提不起勇氣。然而——

「吶，朱音。發生什麼事了？」

阿春困惑地如此問道。

「你是指什麼？」

「呃，就是因為不知道才會這樣問。」

「沒發生什麼事啊。」

「是嗎？那大概是我的錯覺吧。感覺妳看起來沒什麼精神。」

阿春像是在重演過去的某個時刻般如此說道，輕輕將手放在我的頭上。

啊～不行了。只要一和阿春說話，之前和卓磨對話時沒有反應的某樣東西就會突然開始動起來。

我忍不住笑了出來。為什麼他有辦法若無其事地做出這種事？

阿春真是太狡猾了。

我喜歡他。

非常非常喜歡他。

就在我試著稍微鼓起勇氣將手伸向他時，我和不知何時開始站在一旁竊笑的卓磨對上了視線。不妙，我完全忘了他的存在。

我的臉瞬間變紅，恐怕還一直紅到了耳根子。糟透了，真的是糟透了。

我知道這樣很不講理，但還是又踢了笑個不停的卓磨小腿一下。因為是為了掩飾害羞，所以這次踢得比較小力。

「好痛。」

但卓磨果然還是又跳得像隻青蛙一樣。

「你們在幹什麼啊？」

阿春傻眼地笑了。

「呃，剛才和現在都是朱音她……」
「我怎麼了？」
我瞪向卓磨，輕輕晃動右腿。
卓磨的表情「唰」地瞬間變蒼白。
「沒什麼。」
「是嗎？那就好。」
我也跟著笑了。
卓磨雖然板著一張臉，但看起來還是很開心。畢竟他的嘴角是揚起的。
嗯，就算他現在還沒注意到我的心意也無所謂。
這樣的關係，意外地也滿開心的。
高中三年級的最後一個月。
我喜歡上了朋友瀨川春由。

☀

我一昇上國中就加入了游泳社。

之所以在眾多運動當中選擇游泳，並沒有什麼特別的理由。硬要說的話，就是喜歡游泳這個非常單純，但最為重要的理由。

從春天結束到秋天開始這段期間，游泳社基本上都是在學校的游泳池練習，但剩下的半年，練習內容大致和田徑社團一樣。游泳非常費力，所以必須培養體力和肌肉。

二年級生和三年級生會和田徑社一起使用操場，身為一年級生的我則必須和田徑社的一年級生一起繞著學校外側跑步。

炎熱的夏天過去後，秋天的天空變得晴朗又廣闊，即使伸手也無法觸及。

阿春就是在當時向我搭話的。

坦白講，我對他的第一印象不太好。

因為阿春一直都是一臉不悅地在跑步，而且他明明是田徑社，卻跑得比我還慢。不對，當時的阿春一定是沒有將精神集中在跑步上，而是在想其他事情。

我跑到第五圈時，已經追過了包含阿春在內的吊車尾集團。

「曾根，妳跑得真慢。」

「是朱音跑太快了。即使把田徑社的人一起加進去，也是妳跑最快吧。」

「嘿嘿，我還沒出全力呢。」

我向游泳社的朋友比了個勝利手勢後，再次加快速度。

「那麼，我先走嘍。」

我一下就將他們甩在後面，這讓我產生了一些優越感。錯就錯在我得意忘形地認為自己或許也有長跑的才能。

我的右腳膝蓋突然痛了起來。

一開始只是覺得有點不太對勁，只要稍微放慢速度就能繼續跑。

不過那種感覺逐漸變成疼痛，最後將我的精力削減到沒辦法再跑下去。

幸好我還不至於不能走路，所以只能無奈地換用走的前進。我討厭輸，也討厭停留在原地。

我會想要努力到極限，直到再也動不了為止。

除非身體就這樣往前倒下，否則不服輸的我一定會不斷重新站起來。

我知道這樣很笨，但我就是這種個性。

「咦，朱音，妳怎麼了？妳果然也會累啊？」

沒過多久，剛才被我超前的集團，就反過來超過我了。

「哎呀，因為曾根你們太慢了，所以我才想稍微讓你們一點。我等一下就要追過你們嘍。」

「可惡，給我等著瞧。」

「哦~我會等的。」

曾根的聲音和背影逐漸遠去，在彎過一間烤肉店後就看不見了。看來沒有人發現我腳痛。就在我鬆了口氣的時候，突然有人向我搭話，讓我嚇了一跳，心跳也跟著急速加快。

「咿……咿啊？」

「妳還好吧？妳的膝蓋在痛吧？」

向我搭話的人，是一臉不悅地跑在最後面的男孩子。因為對自己發出的奇怪慘叫感到難為情，我用力咳了一下。

「……才沒這回事。你是……」

「我是四班的瀨川春由。大家都叫我阿春。」

「阿春啊。我知道了。我叫……」

「我知道，妳是一班的龍膽同學吧？」

「叫我朱音就行了。我也會直接叫你阿春。」

「我知道了。吶，朱音，妳膝蓋很痛吧？」

「才沒有。」

「真的嗎？」

「真的。」

「……真是個頑固的傢伙。」

我沒有漏聽他低聲嘟囔的那句話。

「嗯？你有說什麼嗎？」

「不，沒什麼。不過這下麻煩了。這種類型的傢伙通常都不會聽人說話。好痛，妳幹什麼？」

「你剛才是故意說得讓我能聽見吧？」

抱怨歸抱怨，我也只有打一下他的肩膀。就算是我，臉皮也沒厚到會全力毆打幾乎算是初次見面的人。

「哎呀，我不曉得妳在說什麼。」

阿春裝傻蹲下，撿起一片紅色的葉子後起身，然後開口說道：

「這很漂亮吧。」

「嗯。」

我不自覺地坦率點頭。因為事實就是如此。阿春滿意地露出微笑，直接指向我的頭頂。

我的眼睛自然地追著他手上的紅葉，跟著抬頭看向天空。

不知不覺間，我似乎因為膝蓋痛而低著頭跑。他讓我察覺自己做了多麼可惜的事情。因為——

只要抬起頭，明明就有如此美麗的世界在等著我。

漫天飛舞的樹葉，一片片都豔紅得像是直接將夕陽給切割下來，與淡藍色的天空相互映襯，讓我不自覺地發出讚嘆。

等回過神時，我已經停下腳步，直到那天的社團活動結束為止，都在和那個叫瀨川春由的男孩子講話。我們並沒有聊什麼大不了的事情，內容不外乎是紅葉有多漂亮、社團的抱怨，或是關於老師的傳聞，但那段時間真的很開心。

就像和曾根一起聊天一樣。

不對，或許還要更開心。

連膝蓋的疼痛都在不知不覺間忘記了。

「從明天開始多注意一點，按照自己的節奏跑吧。」

直到阿春留下這句話並消失在黃昏中時，我才發現他那份笨拙的溫柔。

季節變遷，時光流逝。

我發現不曉得從什麼時候開始，我的視線一直在追尋著阿春的身影。

他是個有點奇怪的男孩子。

當然並不是指他的舉止、行動或外表很奇怪。而是他即使和大家一起行動，也會跟別人保持距離。他會露出虛假的笑容，裝出開心的樣子，擺出一副對每個人都沒興趣的嘴臉。他自以為沒被任何人發現，所以也沒察覺我已經發現了。

但阿春後來改變了。

他愈來愈少露出虛假的笑容，也變得會陳述自己的意見。

他開始會展現出自己原本就擁有的溫柔和坦率。

到了這個時候，已經無可挽回了。

我承認自己喜歡上了阿春。

哎，唯一讓我感到不滿的，就是他後來假日和放學後都變得很難約。

他一個人到底都在幹什麼呢？

☀

身為一個考生，我一天的時間大部分都是在念書。

雖然我本來想約阿春一起回家，但即使放學的鐘聲已經響了，他還是一臉凝重地盯著參考書看，所以我簡短跟他道別後就走出了校舍。

與靜謐的校舍相反，操場那裡充滿了學弟妹的吆喝聲。那些聽起來有點慵懶，但內在仍確實蘊含著熱情的聲音，今天莫名地刺痛了我的內心。

長在光禿禿的樹木上的樹枝，像是無法忍受寒冷般持續晃動。它們必須再忍耐一段時間，枝葉才會重新變得茂密和開花，這點我一定也一樣。

我將用來抵禦寒風的圍巾綁得更緊後，走到正門，並在那裡發現有幾個學生停下腳步，好像在談論些什麼。這到底是怎麼回事？

大家明明在說話，聲音卻混在一起，讓人聽不清楚。

「怎麼了嗎？」

於是我只好向離得最近的一個學弟詢問狀況。他似乎認識我，驚訝地喊著：「龍……龍膽學姊。」

「沒錯，我就是龍膽。你好啊。怎麼了，該不會是發生事故了吧？」

「不是啦，呃，是因為那個人。」

他大概是判斷直接用看的比較快，所以將視線移到「那個人」身上。我也順著他的視線看了過去。

確實只要看過那個身影一眼，就能立刻掌握狀況。

離正門有段距離的地方，站了一個女孩子。她手裡拿著粉紅色的書籤和一本精裝書，用稍微藏在袖子裡的纖細手指翻頁。

那個女孩擁有柔順的長髮，以及無論尺寸或位置都排列得十分完美的五官。略大的外套讓她的身材看起來比實際上還嬌小。

被冷冽的空氣凍紅的臉頰、耳朵前端和鼻尖，顯示出她已經站在這裡好一段時間。

這段時間她應該都是一個人。

證據就是包含我在內，所有人都只敢遠遠看著她。我第一次知道原來過度的美貌能夠壓制其他人，讓人沒辦法靠近。

向她搭話需要極度的勇氣，或是……

足以振奮自己內心的理由。

就在我像這樣看著她時——

「咦，這不是朱音學姊嗎？辛苦了。」

有人叫了我的名字。聲音來自門的後面，也就是我剛才走過來的方向，所以我將臉轉向那裡。聲音的主人是游泳社的現任社長小宮。我露出友善的笑容，朝她揮了揮手。

「哎呀，這不是小宮嗎？好久不見。」

「大家為什麼都聚在這裡啊？」

「嗯。這我剛才已經問過了。」

「咦？」

小宮驚訝地張著嘴，困惑地歪了一下頭。

她旁邊站了一個看起來個性軟弱的女孩。我對那向內捲的頭髮，以及有些下垂的眼角有印象。那應該是一年級的學生。名字則是……對了，松前學妹。

「辛苦了。」

我也笑著向松前學妹搭話。

「啊，是。龍膽學姊也辛苦了。」

「朱音學姊，妳今天已經要回去了嗎？」

「是啊。」

「那我們一起走吧。我們接下來要去亞里亞。那裡跟朱音學姊家應該順路吧？」

亞里亞運動俱樂部是一座綜合運動設施，那裡不僅有體育館，還有附設三溫暖的溫泉。

在冬天期間，我們游泳社的社員會輪流使用那裡的室內溫水游泳池。

看來今天是輪到這兩個人。

「嗯，好啊。松前學妹不介意跟我一起走吧？」

松前學妹紅著臉點頭，像隻可愛的小動物。

「好，那就走吧。」

最後，我又瞄了那位美女一眼。

或許是等的人已經到了，她正露出燦爛的笑容。我當時還悠哉地想著，既然她漂亮到連身為同性的我都會看呆的程度，男孩子應該一下子就會被她迷倒吧。

完全沒注意到位於她視線前方的人是誰。

為了轉換心情，我也跟著去了亞里亞。

因為我很久沒來這裡露臉，櫃檯那位姓度會的大叔開心地迎接我。

我從國中加入游泳社後就經常來這裡，所以已經認識他六年了。拜此之賜，我們對彼此都不太需要客氣，姑且不論這是好是壞。

「哎呀，好久不見。妳有空要常來啦。如果看不到小朱的泳裝，大叔會提不起幹勁。」

「大叔，這算是性騷擾吧！」

我的反應讓大叔張大嘴大笑。

「那冷淡的眼神真讓人受不了。我每次對小松這麼說，她都會滿臉通紅地低下頭。那樣真的會變成性騷擾呢。」

「小松是指松前學妹吧？她常來嗎？」

「嗯。她最近每天都會來。如果社團那邊不是輪到她，就會稍微晚一點才來。簡直就跟以前的某人一模一樣呢。」

「哦，她游得快嗎？」

「很快。不對，是變快了。現在是游得最開心的時期吧。如果只看蝶式和自由式，就連小宮都不是她的對手。」

「這樣啊。」

「想試試看嗎？」

「咦？」

「妳的表情是這麼寫的。」

「嗯，是啊。」

我決定坦白回答。

「那就去游吧。」

「不過，我好歹是個考生。而且我已經退出社團了。」

我拿起放在簽到簿旁邊的原子筆，在手裡旋轉。那就像我現在的心情一樣，在手的側面搖搖晃晃地靜不下來。

「妳才不是這樣就會甘心的人。而且偶爾放鬆一下也很重要吧？要幹就要幹得徹底一點。」

說完後，大叔再次哈哈大笑，我用力嘆了口氣。

「我說啊，大叔，你這樣真的會構成性騷擾喔。」

但我確實也因此放鬆了肩膀上的力道。我停止旋轉原子筆，用力握住。

室內游泳池有股獨特的氣氛。

首先，感覺空氣裡蘊含了大量水分。水氣附著在肌膚上，會讓人覺得有點黏。再來就是氯的味道很重。聽說有些人受不了這種味道，但至少我並不覺得討厭。

我一換上租來的泳裝，內心就興奮了起來。啊，就是這個，就是這種感覺。我果然喜歡游泳。在那之後，我認真地花時間做暖身運動，伸展肌肉，測試今天的身體狀況。很好，感覺還不錯。

我才剛做完暖身運動，小宮就從游泳池裡探出頭。

她濺起的水花打溼了我的腳尖。

「咦，朱音學姊，妳要游泳啊？」

「嗯。我聽說松前學妹游得很快。小宮，她好像還贏過妳？」

我一這麼問，小宮就既不慌張也不羞恥，像是單純接受現實般點了點頭。

正因為她是這樣的人，我才會推薦她當下任社長。

「是的。我輸了。小松真的很快。」

「比我還快？」

「再怎麼說，還是贏不過全盛時期的學姊。但這幾個月最努力，進步最多的人就是小松了。」

「嗯。」

「朱音學姊這幾個月都沒下水吧？」

「嗯。」

「而且朱音學姊以前也說過，勝負這種東西要比過後才能分曉吧。」

「嗯。」

「所以我沒辦法回答這個問題。」

「原來如此。」

這樣就夠了。

既然連這兩年一直追在我後面的學妹都這麼說了，至少可以確定松前學妹是真的很有實力。

我和小宮。

兩個人一起看向正在獨自游泳的松前學妹。那宛如教科書般的漂亮泳姿，充分展現出她認真的個性。

過不久，她的手碰觸到游泳池的邊緣。松前學妹用力搖頭甩掉身上的水，並在拿下泳鏡後注意到我們的視線，露出困惑的表情。

「學……學姊，你們怎麼了？」

「吶，松前學妹，跟我比一場吧。」

「咦？」

「咦什麼咦，我說跟我比一場啦。」

我一伸出握緊的拳頭，松前學妹就把頭搖得比剛才還誇張。那個樣子像極了剛洗完澡的小狗。

「不行啦。不行不行不行不行。」

我將說了大概一百次「不行」的松前學妹從游泳池裡拉出來，硬讓她站上跳臺。雖然對渾身發抖，現在也好像快哭出來的她有點殘酷，但因為小宮搬出了祕藏的王牌，所以她沒辦法逃避。也就是所謂的「社長命令」。

不過話說回來。

即使並排站在一起，她看起來依然只是一個性格軟弱的學妹。

厲害的人通常會散發出一種獨特的氣息。因為現實並非戰鬥漫畫，所以當然看不見什麼靈氣或戰鬥力，但如果對手擁有建立在實力之上的自信，那透過肌膚就能感覺得到。

松前學妹完全不具備那樣的特質。

「對不起，勉強妳陪我比賽。」

「不，那個……」

「但我會全力以赴。」

「那個，龍膽學姊。」

「什麼事？」

松前學妹似乎已經下定決心，表情也變得比剛才還要堅定一點。

「沒什麼，那個，我也會加油。」

小宮喊出「預備」。

我和松前學妹同時彎腰。

直到這時候，我才總算察覺接下來要戰鬥的對手的性質。她現在也還是一樣沒什麼自信，但對游泳的態度十分真摯，精神也非常集中。

現在她的眼裡應該已經完全沒有我的存在。我想起那些以前直到最後都無法戰勝的對手，有幾個人也擁有和她相同的眼神。

糟糕，要被她的氣勢壓倒了。

就在我這麼想的同時，小宮大喊：

「開始。」

雖然長年的經驗讓我的身體動了起來，但精神不夠集中的我，還是錯過了最佳的時機，入水的角度也不夠好。跳進水裡時產生的氣泡附著在我的身上，但馬上就離開身體往上浮。

兩百公尺的自由式。

五十公尺的賽道，只要來回游兩趟就結束了。我急忙追在松前學妹後面。雖然差距沒有擴大，但也沒有縮短。第一次迴轉，我扭動身體踢了一下牆壁。腳底傳來一陣刺痛。

看來她不太擅長迴轉，所以差距稍微縮短了。

一百公尺，一百五十公尺。

用手划水，用腳踢水。

在最後一次迴轉結束後，我總算追上她了。

好難受。身體在渴求氧氣。

完全沒有餘裕。

雖然我說過會全力以赴，但沒想到自己會這麼認真。正因為認真，所以才會想贏。

已經看得見終點了。

再十五，不對，十公尺。

目前仍是不相上下。

看不出結果。

我最後一次換氣稍微吸得大口一點，然後開始全力衝刺，拚命向前伸出手。在那一瞬間，我和松前學妹在水底對上視線。不對，應該說已經對上過視線。她發現有其他人在和她一起游泳了。

光是這樣，就讓松前學妹變回平常那個軟弱的女孩子。

「抵達終點！」

小宮大喊。

我從水裡探出頭。

我摘下泳帽，脫掉泳鏡。天花板的黃色光芒在我的眼裡晃動。

贏的人是我。

但我一點贏的感覺也沒有。

因為她在最後那一刻確實放水了。

爬出游泳池後，我還沒調整紊亂的呼吸，就先低頭向松前學妹道歉。

「對不起。」

因為我突然向學妹道歉，讓不曉得該如何是好的小宮頓時慌了起來。但我的意思似乎有確實傳達給松前學妹，她也跟著向我低頭道歉。

「別這麼說。該道歉的人是我。」

大顆水滴不斷從我們兩人的頭髮落下，在游泳池邊製造出黑色的斑點。我們一直維持相同的姿勢，所以水也持續滴在相同的地方，看得出來那些黑點就像我的感情般逐漸擴大。

我覺得既羞愧，又氣憤。

我當然很氣松前學妹在比賽中放水，但我更氣讓學妹做出這種事情的自己。我真的是差勁透頂。

所以過了一會兒後，我抬起頭說道：

「請給我一個星期的時間。到時候我們再比一次。」

「咦？咦？但學姊是考生吧。離第二階段的考試只剩下不到一個月的時間……」

只有小宮一直慌張不已。

「拜託了。」

我再次低下頭。

只有這次不能用命令。因為我是拜託別人的那一方。

所以直到她點頭為止，我只能一直低著頭。

不曉得過了多久。

應該不到一分鐘吧。

「請把頭抬起來。」

我按照松前學妹的指示，抬起頭看向她。

「我才要拜託妳。」

松前學妹低頭時的樣子隱約顯得有些悲傷，這更加燃起了我的熱情。

總之我先恢復了肌肉訓練的量。

現在是自由到校期間，所以我上午會去游泳池。

大叔似乎很擔心我會耽誤考試。

「你不是說要幹就要幹得徹底一點嗎？在這種狀態下，我根本無法集中精神。」

我一這麼說，大叔就苦笑地交出置物櫃的鑰匙。

當然，不用他提醒，我也會好好念書，也沒忘記保養從退出社團後開始留長的頭髮。

因為卓磨說過阿春喜歡長頭髮的女孩子。

不管是運動、考試或戀愛。

我每一樣都不想退讓。

就這樣，一個星期的時間一轉眼就過去了。

我像是從一開始就決定好般，在那天的上午睡得飽飽的，大概睡了快十二個小時。午餐還特地請媽媽準備炸豬排，在多添了兩碗飯後，才前往學校。

自由到校期間，三年級教室的座位今天也只坐滿了三分之一左右。三樓與一樓和二樓的吵鬧無緣，隱約散發出刺人的緊張氣氛。

我今天也趁著坐在阿春前面的同學沒來，霸占了那個人的椅子。

「早安，阿春。」

「現在已經不是說早安的時間了吧，午安，朱音。」

「唔。阿春太計較了啦。」

「我覺得是妳太隨便了。」

阿春緊盯著英文單字書，頭也沒抬地回答。嗯～這傢伙明明是個男的，為什麼睫毛比我還長？我緊盯著喜歡對象的臉。啊，他打呵欠了。看起來有點難看，但我的感情完全沒有因此動搖。

「你很睏嗎？」

「有一點。朱音呢？我看妳最近好像很忙。」

「今天沒問題。我睡得很飽。」

「這樣啊。吶，朱音。」

阿春總算抬起頭。

他正眼看著我。

因為事出突然，讓我嚇了一跳。

「什……什麼事？」

「加油。」

「……你知道我在幹什麼嗎？」

「不知道。因為妳什麼都沒告訴我，所以表示我不知道也沒關係吧。」

「那為什麼要這麼說？」

「我們也認識很久了，所以大概感覺得出來。妳今天有打算做什麼事情吧。妳以前曾說過自己是個單純的人，只要一句話就能努力。所以我就說了。畢竟我也只能做到這點程度的事情。」

阿春溫柔地微笑。

這讓我非常感動。

我的努力他都看在眼裡，而且還願意替我加油。

更重要的是，我很高興他還記得那個夏天的事情，記得我喜歡上阿春的那一天。

這讓我變得有點貪心，纏著他再講一次相同的話。

「……再一次。」

「加油。」

「再一次。」

「加油。加油。加油啊，朱音。」

「嗯，交給我吧。」

我拍了一下胸口。

沒錯。

只要有阿春的鼓勵，我就絕對不會輸。因為事情不就是這樣嗎？

戀愛中的女孩子是無敵的。

不曉得是因為傍晚還是冬天，今天游泳池的人也很少。只有兩個我認識的附近的老太太，在游泳池的步行區邊聊天邊撥開水往前走。

我漫不經心地看著她們，像平常那樣暖身。雙手、肩膀、脖子和腰。然後是大腿和腳踝。我扭動、彎曲和伸展身體各處，光是這樣，就讓血液像是迫不及待般開始發熱。

但還不行。再等一下。我像這樣壓抑著自己的心情。

「辛苦了。」

小宮一發現我，就直接走到游泳池邊。水滴沿著她的身體線條滴落地面，黑色腳印從遠處的開始變乾消失。

「不好意思麻煩妳特地跑一趟。」

「別這麼說。我很崇拜學姊，有什麼事儘管吩咐。」

這個學妹講的話實在太可愛，讓我輕輕拍了一下她的肩膀。真是的，講這種話也太令人難為情了。

「那麼，狀況如何？」

「我覺得已經找回了感覺。身體也還算能活動。」

我用腳尖戳了一下水面。

一道波紋從我點下去的地方擴散開來。

波紋以相同的間隔擴散，形成的圓環在擴大到一定程度後消失。等波紋完全消失後，我才向站在小宮後面的少女打招呼。

「嗨，松前學妹。」

她的表情今天也很僵硬。

而且看起來果然還是沒什麼自信。

唯一不同的一點，就是她沒有逃避我的視線，筆直地回望著我。

「我是因為憧憬龍膽學姊，才會加入游泳社。」

「嗯。我知道。」

我毫不謙虛地直接點頭。每年都會有幾個這樣的人加入社團，而我也持續回應了她們的期待。至少到目前為止都是如此，所以這次我也打算這麼做。

「抱歉，之前讓妳失望了。」

我刻意以肯定的語氣這麼說。

「但今天就不同了。放心吧。今天的我有點厲害喔。所以不用擔心。我會讓妳親身體會到妳沒有崇拜錯人。」

笑吧。

傲慢地，自信滿滿地笑吧。

就像在全國大賽上遇到的那些對手一樣，讓自己充滿自信吧。

我站上有點溼的跳臺。

血液還是冷的。

還沒。

還沒。

還沒，還差一點。

「預備～」

小宮大喊，聲音像那天一樣迴響並逐漸消散。

還沒。

還沒。

還沒。

「開始！」

與此同時，小宮的聲音和阿春的聲音在我腦中重疊。加油，朱音。

就是現在！

體內的迴路一齊打開。

血液瞬間沸騰。

我在完美的時機起跳。

在那之後——

我們一起去亞里亞附近的什錦燒店，點了社團流傳下來的「游泳社特餐」。這是大家比賽完後的例行活動。

將醬汁和美乃滋淋在加了大量豬肉、牛肉和海鮮的麵團上後，香味就伴隨著「滋滋滋」的聲音一起飄了出來。

啊，真是讓人受不了。

我大口大口地吃著什錦燒，而松前學妹又吃得比我更多。她居然點了加大的份量。只有正常練習的小宮，則是點了豬肉什錦燒。

「話說回來，真不愧是學姊呢。」

比賽是由我壓倒性獲勝。大概領先了十公尺左右。

「還好啦。」

松前學妹完全沒有停下筷子。她一直吃，一直咀嚼，嘴巴裡的東西還沒完全吞下去，就開始吃下一口。咀嚼、咀嚼、咀嚼，偶爾喝口水，然後繼續吃。簡直就像是在拒絕和我們對話。

她一定是還無法接受吧。

無法接受自己使出全力依然落敗的事實，以及第一次產生的悔恨。

所以我覺得這樣就行了。

嗯，我這一個星期的努力總算獲得了回報。

儘管我可以接受，小宮卻沒辦法。她嘆了口氣，用力抓住松前學妹的後腦，讓松前學妹嚇了一跳，然後——

她們兩人一起低下頭。

松前學妹的嘴裡還塞滿了什錦燒，她一手拿著小鏟子一手拿著筷子，驚訝地眨著眼睛的模樣，看起來有點呆。

「謝謝指教。」

小宮說完後，重新抬起頭。已經認識我很久的小宮，似乎明白我這麼做的用意。

看來想要帥還真不是一件容易的事情。

「我不曉得妳在說什麼呢？」

不過，我像過去的某人那樣裝傻，將切好的什錦燒送進嘴裡。

小宮也沒再繼續說下去。

我今天之所以下水游泳，有一半是為了松前學妹。但需要特別澄清的是，我有一半還是為了自己，想要好好為了自己游泳……這是真的。

如果松前學妹真的只喜歡游泳，不打算和任何人競爭，那我根本就不需要這麼做。

但我知道事實並非如此。

我一開始站在她旁邊時，也曾經誤會過，但她原本就是因為憧憬我才會加入社團，是能夠容許他人的存在，從和別人競爭的角度衡量事物的類型。

她即使孤獨，也絕對不孤高。

既然如此，她遲早會加入競爭的那一方（我們這一邊）。不過，如果讓她繼續這樣下去，她在近期內一定會放棄社團活動和游泳。

今天的比賽，或許已經讓她下定了決心。

只要能在某種程度上接近自己過去的目標，人就會感到滿足。松前學妹在一個星期前的那一天，在快要贏過我的瞬間，覺得自己就要滿足了，但她不希望事情變成那樣，所以才無意識地踩了煞車，造成之前那樣的結果。

我能體會她的心情。

因為練習很辛苦。

如果想繼續努力下去，就需要支撐自己的東西。

例如想接近自己崇拜的人，想在大賽中獲勝。

或是讓喜歡的人替自己加油。

人只要這樣就能繼續前進。這點我已經親身體驗過了。

所以我今天只是幫她製造了一個契機。

妳憧憬的目標還在很遠的地方，要努力追上她喔。

要讓自己跑得更遠。

這是過去還是個國中生的少年，對同年級少女的期許。

身為學姊，我也將相同的願望託付給學妹。

我和另外兩人在什錦燒店的外面道別。

儘管太陽已經下山，我還是不想直接回家，所以試著往車站的方向前進。

坦白講，我從剛才開始就一直在迷惘。

我想向阿春報告事情的結果。

不過，向不清楚來龍去脈的阿春報告結果真的好嗎？不過不過，如果只是告訴他「我努力過了」，應該沒什麼關係吧。不過不過不過，如果他在念書，這樣打擾他好像不太好。

我的腦袋亂成一團。

內心充滿糾葛的我，繼續走在路上。連鎖蓋飯店發出黃色的燈光，從學校回家的高中生們聚集在便利商店的停車場，漢堡店的外帶窗口也擠滿了人。

我用力握緊淡綠色的手機，就這樣走了約三十分鐘。

優柔寡斷的戀愛中少女——事實上就是這樣，有……有什麼意見嗎——我像這樣煩惱過後，總算下定了決心。

啊～討厭，這樣一點都不像我。

我從這段時間一直被我開開關關的電話簿裡，找出目標的名字。

「瀨川春由」。

這個名字對我來說，是世界上唯一一個特別的人。

只要一碰觸到他的名字，就會讓我心跳加快。我切換畫面，叫出一列十一位數的數字。

只要再按一次，就能讓我和阿春聯繫。

啊～只能硬著頭皮上了。

我緊張地撥了電話，但一直沒有人接，只能聽見撥號的聲音。

感覺好像有點遺憾，又好像鬆了口氣。

這種內心的糾葛到底是什麼？哎，但沒人接也沒辦法。

原本無處宣洩的心情姑且有了個結果，讓我覺得輕鬆不少。

嗯。果然還是先跟媽媽報告好了。

請她幫忙煮我最愛的咖哩吧。某處似乎傳來了咖哩的香味，明明才剛吃過什錦燒，我卻覺得嘴裡都是咖哩的味道。我開始哼著「咖哩～咖哩～如果中午的炸豬排還有剩就做成咖哩豬排～」這種自創的歌詞。

感覺心情非常愉悅。

不過世界殘酷地將現實擺在我的眼前。

我在看見那個身影的瞬間，停下腳步。

即使是混在幾十個人當中，我還是能夠立刻發現那個人的身影。沒錯，現在也一樣。

阿春在那裡。

但他不是一個人。

他和一個我看過最漂亮的女孩子在一起。

那個女孩有一頭感覺是阿春會喜歡的柔順長髮。

她跟阿春說了什麼，裝出在鬧彆扭的樣子。不曉得她只是在假裝的阿春，困擾地合掌道歉。女孩還是一樣皺著眉頭，但原本嘟起的嘴唇，在不知不覺間變成笑容。他們一起笑了。

沒錯。看起來非常幸福。

簡直就像是身處在奇蹟之中。

那裡有我期望的一切。

我不知道。

我都不知道阿春還有那樣的一面。

感覺像是被人從頭頂澆了一桶冷水般悽慘，內心既悔恨又悲傷。

因為好幾種感情複雜地混合在一起，讓我甚至連聲音都發不出來。啊，即使如此，應該還是來得及吧。只要我現在做點什麼，我的這雙手，我的聲音，應該還是能夠傳達給阿春吧。

我將手放在胸前的口袋上。

裡面裝著阿春在今年秋天幫我拍的「我的笑容（特別照片）」，那張照片正強而有力地跳動著。沒事的，沒事的，沒事的。

我下定決心，改變前進的方向。

兩人抵達車站後，又聊了一兩句才互相道別。

阿春和那個女孩子。

該追哪一邊？

我的身體直接告訴了我答案。我加快腳步，伸出手，向那個人搭話。

「妳到底是誰？」

她嚇了一跳，然後像我一樣瞪了回來。

結果我和那個女孩只說過那麼一次話。

但這樣就夠了。

我們喜歡上了同一個人，雙方都不可能退讓。

這跟與松前學妹的比賽完全不能比。

沒錯，就是這樣。

我們不可能互相理解，也不可能互相吸引，但只有一種心情是互通的。我們彼此是不共戴天的敵人。

我的情敵有一個和她外表一樣美麗的名字——

唸起來就和從天而降的純白光輝一樣。

一年前的往事

Contact.162

「不好意思，打擾一下——」

兩天前，我在那個被凍成白色的聲音傳來的方向，發現一個笑起來非常漂亮的女孩子。

那在這個世界上的所有相遇當中，算是相當普通的類型。既沒有女孩子從天而降，彼此也沒有互換身體。單純只是她向我搭話，我也因此停下腳步而已。

沒錯，就是這樣。

所以這只是一個從普通的相遇開始，隨處可見的少年與少女的故事。

「我希望你能帶我去海邊。」

這句話的溫度，就和那天叫住我的聲音一樣，我轉頭一看，就發現她正在專注地檢視河邊的石頭，嘴裡嘟囔著「這個形狀不太好」、「這個太大了」，同時認真地一下將石頭撿起來，一下丟掉。

看著那個將身體縮成一團的背影，我喊出她前幾天才剛告訴我的名字。

「由希。」

「嗯～什麼事？」

「剛才是我聽錯了嗎？」

「剛才怎麼了？」

「我聽見妳說想去海邊。」

「那確實是你聽錯了。」

由希點點頭說著「就選這個吧」後，緩緩站了起來。

她手裡拿著一個圓盤形的小石子。

由希用非常漂亮的姿勢，將那顆石子丟向河面。石子帶著強勁的旋轉力道，在水面上掀起了一陣陣的漣漪。

咚、咚、咚咚咚咚咚。

在進行了八次跳躍後，石子緩緩沉入水中。

因為由希說她沒玩過，所以我正在教她打水漂。令人不甘心的是，她只試一次就破了我的最高紀錄。

「因為我明明是叫小由帶我去。」

此時，由希總算將臉轉向這裡。那道因為成功打出水漂而一臉得意的笑容，讓她給人的感覺又變得更加年幼。

「我可以問一個問題嗎？」

我一舉手發問，由希就輕輕將手掌對準我說道：

「請說。」

「現在是幾月？」

「二月啊。」

換句話說，就是冬天。

我們在冷冽的空氣中不停發抖。

眼前的河川倒映出灰色的天空，讓人覺得有點寂寥。晃動河面的風吹來這裡，將我身上的制服往胸口壓。

在這股寒冷當中，由希居然還想去更冷的地方。

「現在是冬天，所以很冷。」

我無奈地指出這點。

「就算這樣也沒關係。一起去吧。」

「不能等到夏天再去嗎？說到海邊，就會想到夏天吧。」

「不，我就是要現在去。」

「妳真固執。就算冬天去，也不能下水喔。」

「如果只有腳碰到水，應該沒關係吧。」

「我覺得還是太冷了。話說由希明明就很怕冷。」

「咦，你怎麼知道？」

在那一瞬間，由希大大的眼睛裡閃過一絲光輝，那道光明明非常細微，卻又顯得十分耀眼，而且微弱到彷彿只要吹一口氣就會立刻消失。

「妳穿得那麼厚，不管是誰都看得出來吧。」

由希穿著一件駝色外套，並用長長的圍巾在脖子上圍了好幾圈。外套底下不是制服，而是毛衣，另外她還將手藏在袖子裡禦寒。每次看見她那若隱若現的可愛指尖，我都要拚命按捺住興奮的心情。其實我非常喜歡「萌袖」，但這種事我怎麼可能說得出口。

「小由，你的表情有點恐怖。」

「騙人。」

我摸著自己的臉確認。

「你該不會是在想什麼色色的事情吧？」

「才沒這回事。哎呀，我說真的，完全沒在想。」

「真的嗎？」

由希將眼睛瞇得非常細，這時候我已經看不見剛才的光輝。由希繼續瞇著眼睛，呼喚我的名字。她的眼裡蘊含著新的光輝。

我有不好的預感。不對，是只有不好的預感。

「吶，瀨、川、春、由、先、生。」

「什……什麼事？」

由希一口氣縮短了兩步的距離。

總是能從她身上聞到的那股溫柔的春天香味飄了過來。發紅的鼻尖映入眼簾，然後是同樣發紅的臉頰。那個顏色就像蘋果一樣，襯托出她白皙的肌膚。最後是嘴唇。因為現在有點乾，所以彷彿隨時會流出血。

她的嘴唇像是正在發熱，我連忙制止自己已經伸到一半，差點就要摸下去的手指。那不是可以隨便摸的地方。

然而，不知道為什麼。

或許是因為我伸出了手。

懸在空中不曉得何去何從的手，突然碰到了某樣柔軟的東西。那樣東西已經變得和我的手一樣冷。是某人的手掌。從碰到的地方感受到的溫度，刺痛了我的手。

她再次笑著說道：

「帶我去海邊吧。」

她那無言的笑容像是在說「還是要繼續討論剛才的話題？」。

我之後是怎麼回應的呢？

答案可說是顯而易見。

「一切都如您所願。」

怎麼可能還有其他的選項。

高中二年級的冬天。

我就這樣與椎名由希約好一起去海邊。

我居住的城市被山包圍，位於盆地當中，所以如果要去海邊，就必須搭電車或公車。我查了一些資料後，發現由希要我帶她去的地方，交通時間要將近四個小時，這已經算是一趟小旅行了。

「還看不見海呢。」

電車很快就行駛了三個小時。

坐在窗邊的由希如此說道。

但和那句話給人的印象相反，她看起來還滿開心的。由希嘴裡唱著「海～邊，海～邊，海邊，海邊邊邊」，我從來沒聽過這種歌，所以應該是她自創的吧。「海～邊，海～邊，海邊，海邊邊邊」。

看來她真的很開心。

她的腿上放著一本精裝書，厚厚的書中間夾了一張粉紅色的書籤。明明是看起來隨處可見的素色書籤，她卻表現得非常珍惜，讓我不知為何感到很在意。

「怎麼了嗎？」

由希注意到我的視線，露出困惑的表情。

但我當然沒有勇氣開口問——

「呃，那本書有趣嗎？」

只能隨便找個話題敷衍過去。

「還好吧。但我好像有點暈車，所以還是放棄看書，吃零食吧。」

她按照自己說的話，將書塞進包包裡，改為拿出某樣在便利商店裡常見的零食。她撕開外包裝，幸福地將餅乾送進嘴裡，就這樣吃了起來。

過不久，車內開始稍微變暗，電車劃破空氣的聲音也變得愈來愈大。從窗戶看見的景色被染成一片漆黑。現在不是晚上，單純只是進入了隧道。

電車筆直前進，尋求亮光。

由希突然用棒狀點心指著我，開口問道：

「隧道的另一端——」

即使不用特別想，答案也會自己浮現，就像知道一加一等於二那樣。因為那是日本最有名的動畫電影的廣告標語。

「存在著不可思議的小鎮，對吧。」

「沒錯。那麼，在我們的前方，究竟有什麼東西在等著我們呢？」

與此同時，世界再次充滿光芒。

被玻璃窗切割成正方形的白色微光，照亮了由希的肌膚。她像是覺得耀眼般瞇起眼睛，然後笑了。

我們的目的地，讓由希感到迫不及待的地方就在那裡。她像個孩子般哇哇大叫。我趁機咬了一口那根一直指著我鼻尖的餅乾。那個餅乾口感酥脆，嗯，鹹味也調整得剛剛好。

「哇啊。咦？啊……啊啊啊～」

由希聽見咀嚼聲後，才發現餅乾被我吃了，她交互看向窗外和手上的餅乾，大聲喊道：

「小由，你居然做出這種事！」

她的感情出現了故障，變化的過程非常明顯。

看見窗外景色的喜悅和零食被吃的悲傷，巧妙地交互顯現。

「哇啊啊啊啊↗」

這是喜悅。

「啊……啊啊啊↘」

這是悲傷。

由希的反應激起了我的罪惡感，害我忍不住將注意力移到窗外。

遠方能看見厚厚的雲層。一道光從雲層的縫隙透了出來，那就是俗稱的「天使的階梯」吧。那道光在底下的水面上形成了閃閃發亮的白色邊緣。

這麼說來，我還是第一次看見冬天的海。畢竟平常不會特地在冬天跑來海邊。我發現自己有點興奮，所以用手遮住微微上揚的嘴唇。真是的，明明之前還那麼不情願，我這個人真是現實。

「哇啊啊啊↗，海好漂亮。啊……啊啊啊↘，這是期間限定款，現在已經買不到了。」

但一旁的由希看起來實在太傷心，所以最後還是愧疚的心情戰勝了一切。

我們在一個無人管理的車站下車，改搭一輛剛好到站的公車。

搭了三十分鐘的車後，我們抵達空無一人的沙灘。在去海邊前，我有稍微瞄一眼公車時刻表。末班車似乎是晚上七點。

「嗯～有海的感覺。聞得到潮水的味道。」

如果是幾個月前，或是幾個月後，總之就是和現在完全相反的季節，這裡應該會擠滿了人潮，但現在就只有我和由希兩個人。

「是啊。」

由希一面伸展筋骨，一面緩緩走在沙灘上。我則是站在原地，眺望著她的背影。

就在剛好走到我和大海的中間時，由希費力地脫下靴子和襪子，開始打赤腳。那宛如陶瓷般的美，讓我也跟著興奮起來。

她一將舉到腰部高度的手鬆開，靴子就順著重力往下掉，被埋在沙子裡面。

由希像鳥展開翅膀般張開變輕的雙手，但她沒有起飛，而是跑到海的邊緣。

海浪打到她的腳後，又退了回去。一人份的腳印就這樣被吞沒，彷彿連她走過這段路的事實都跟著消失了。我在心裡想著，該不會由希本人也會被那白色的海浪帶到其他地方吧。

由希再次朝海裡踏出一步，讓她的腳踝完全被海水給淹沒。

此時吹起了一陣像是在催促我往前跑的風。只要踏出第一步，第二步就簡單了，我用第三步和第四步提昇速度，趕去她的身邊。

跑到由希旁邊後，她轉身看向我。

「咦，小由，你怎麼了？」

「我也不知道。」

「什麼？」

「不知道為什麼，就突然想跑。」

「那是怎樣？」

由希笑著說我真奇怪。

吹個不停的冷風，穿過我們之間。我低喃著「確實很怪」，但那樣的聲音也被風帶到遠方。我們一起確認聲音的去向，但那不到一兩秒就消散在大氣當中，只剩下前方的灰色雲層還殘留在眼睛深處。

「……那麼，差不多該動手了。」

由希突然如此宣言，同時像是為了鼓起幹勁般，開始捲袖子。然後，她將白皙的雙手伸進海裡，用手掌舀起海水，露出不懷好意的笑容。我根本就來不及問她想幹什麼。

「由希，別做蠢事。」

「我不會停手喔。看招。」

她不顧我的制止，將手裡的水潑向我。

於空中飛舞的水滴，在反射光芒後變得閃閃發亮。

我連忙往後退，避開了直擊。

「唔哇，妳幹什麼？」

「大家到了海邊後，都會這麼做吧？」

「這樣很冷耶。」

「我知道。話說真的好冷。好像快冷死了。」

「那就快點從海水裡走出來。」

「但好不容易才來到海邊。」

「就算是這樣，也別把我給捲進去——」

在我拜託由希的期間，她還是繼續潑水。這次我沒能躲過她的突襲，被水滴噴到了臉。在感到一股刺痛的同時，內心好像也有什麼東西被解開了。

愚蠢的我，開始和由希一樣打赤腳踏進海裡。水淹沒到我的膝蓋。雖然褲子也溼了，但我早已顧不了這麼多。

從腳底往上竄的寒冷，讓我全身都抖個不停，就連牙齒也跟著打顫。這是怎麼回事？這早就超過寒冷的程度，已經算是「痛」了。即使如此——

我還是用手掌舀水，潑向由希。

由希喊著「呀~你幹什麼」。濺起的水花在由希的裙子上留下黑色的水滴痕跡。我哈哈大笑。「如果沒有被反擊的覺悟，就不應該攻擊別人吧。」、「哦，這表示小由已經做好了和我互相傷害的覺悟吧？」、「咦？那個，由希小姐？那樣會不會太多了？」、「多說無用。」、「好冰，衣……衣服溼了。」、「啊哈哈哈。」、「這可不是什麼好笑的事情，冷死我了。」、「你在說什麼啊，冬天會冷是正常的吧？」、「不對，這才不是冬天的錯，根本就是妳害的。」、「誰叫小由要反擊。」、「全都是我的錯嗎？」、「沒錯，全都是小由的錯。」

我們開心地大喊大叫。

像是為了遠離，或是逃離各種事物般，大鬧一場。

冬天的海裡就只有我們兩個人。

沒錯，是兩個人。

絕對不是一個人。

所以感覺不管多冷都能忍受。

「我們到底在幹什麼啊？」

「就是啊。」

「有夠蠢的。」

「嗯，真的很蠢。」

玩了一輪後，我們總算恢復冷靜，為剛才的行為感到十分後悔。腳變得又溼又重，吸滿了海水的褲子，一直到大腿附近都是黑的。

「嗯。」

我握住由希伸過來的手，將她拉到沙灘上。黏在腳上的沙子，讓赤腳的腳底感到陣陣刺痛。

我們再次於沙灘上留下兩人份的腳印，只是這次並非通向大海。

「晚一點來堆沙堡吧。」

「好耶。來蓋一座屬於我和小由的城堡吧。」

「聽起來有點害羞呢。」

「為什麼？明明我是公主，小由是大臣。」

由希用沒和我牽在一起的那隻手抓著靴子。

「原來我是大臣啊。」

「沒錯。不管任性的公主有什麼願望，你都會替她實現。」

「真是份苦差事。」

「不喜歡嗎？」

「沒這回事。」

沒錯，我並不覺得討厭。

幫由希實現願望，感覺很開心。雖然我並沒有那方面的興趣。應該，沒有吧。

不過只要我做些什麼，由希就會展露笑容。只要向她搭話，她的表情就會為之一亮。我不討厭被她依賴。只要她向我道謝，我就會覺得開心。

這大概是類似本能的東西。

男人這種生物，在基因上就不擅長應付女孩子的笑容。如果是可愛女孩的笑容，那就更不用說了。

「那就好。不過，你真的不介意當大臣嗎？」

「這是妳自己說的吧。」

「哎，是這樣沒錯，但若覺得討厭，還是說出來比較好喔。如果你有其他想扮演的角色。」

「其他的？」

「你聽不懂就算了。這種事情由我來說也沒用。必須要讓小由自己發現，自己拚命爭取才行。」

由希說到一半就鬆開了手，指向放行李的石階。

「差不多該休息了。我有帶熱茶，也有準備零食喔。」

「我也可以吃嗎？」

「什麼意思？」

「呃，我可不想看到妳像在電車上那樣大鬧。」

由希突然鼓起了臉。

「我才不會那樣。之前那是期間限定的特別款，所以我才會無法忍受。而且事情又發生得那麼突然。我本來就有準備要和小由一起吃的零食，所以沒關係啦。還是小由覺得我買的零食不能吃？」

「感覺由希好像喝醉酒一樣。『我倒的酒不能喝嗎？』的感覺。」

「我才沒醉。」

「唔哈哈哈，這也是喝醉酒的人才會說的臺詞。」

「討厭。我不理小由了。」

雖然由希開始像這樣鬧彆扭，但一回到石階那裡把零食攤開後，她馬上就恢復了心情。看來她是那種無法生氣很久的類型。

我們並肩坐在一起吃零食。之前從公車站走到海邊時，我們也在路上的便利商店買了飯糰。我買的是鮪魚沙拉和昆布口味，由希買的是酸梅、烤鱈魚子和醃芥菜口味。由希食量很大，大到讓人好奇她是怎麼將那些東西塞進嬌小的身體裡。

除了飯糰以外，她還吃了玉米沙拉麵包和菠蘿麵包。

除此之外，她還同時開了三包零食。

「這些妳全都吃得完嗎？」

「那還用說？吃不完我才不會開。」

由希困惑地回應，將冒著熱氣的金黃色液體倒進保溫瓶的蓋子。

「來，請用。」

「謝謝。」

我吹了幾下後，才將嘴巴湊向蓋子。

是我沒喝過的味道。不僅帶有淡淡的甜味，喝起來感覺還很清爽。

「這是什麼？」

「不好喝嗎？」

由希戰戰兢兢地問道。

「不，正好相反。非常好喝。」

我的話讓由希鬆了口氣。

「這叫玉米茶。簡單來講就是用玉蜀黍泡的茶，味道很甜對吧？」

我感覺得到甜味和一股暖意一起滑進了體內。某種溫柔又溫暖的東西，逐漸填滿我的內心。我一口氣喝完後，由希問我要不要續杯，於是我心懷感激地再要了一杯。

我吸著鼻子，用手掌感受從蓋子傳來的溫暖。

「聽說這對身體也很好。」

「這樣啊。吶，由希。」

「嗯？」

「好溫暖。真的非常非常溫暖。」

我將稍微變熱的手掌，疊在由希白皙的手背上。或許是因為覺得冷，她從剛才開始就抖個不停。

「我的手還是很冰呢。」

「所以暫時維持這樣好嗎？」

直到妳不會冷。

直到我們的溫度變得一樣。

由希改將手掌朝上。這就是她的回答。不曉得為什麼，明明是我主動提議，我卻無法握住由希的手。真是太沒出息了。

或許是受不了這樣的我，由希反過來握住我的手。她硬將我們的手掌重疊在一起，填滿手指間的空隙，用力讓我們的手指纏繞在一起。相較之下，我就像是在害怕什麼般，只能一點一點地用力。

我的指尖總算碰到了由希的手背。

直到慢了一拍才開始感到難為情的我，變得沒辦法正視由希的臉後，才總算交握起來。

冬天的風吹起來很舒服。

希望能把我瞬間昇高的體溫，多分一點給由希。

我看著冬天的海，腦袋裡淨想著這種事情。

我們離開海邊時，太陽已經完全下山。厚重的雲層稍微散去，變得能夠看見零星散布在天空中的光點。

那天直到最後，海邊都只有我們兩個人，無論是用沙子堆出來的城堡、幾十幾百道的腳印，還是用漂到岸上的木棒寫下的文字，全都是當時只有我們兩個人的證據。

在離時間限制只剩下五分鐘的時候，我們趕到了公車站。再來只剩下回去而已。接下來要搭三十分鐘的公車到車站，再改搭三個小時的電車。

我們坐在已經褪色，實在很難稱得上漂亮的椅子上等公車。因為體力已經幾乎耗盡，所以我們連話都說不出來。

過了五分鐘。

公車還是沒來。

我們各說一句「誤點了呢。」、「是啊。」後，又等了十分鐘。

公車果然還是沒來。
由希無奈地起身，確認時刻表，然後用微微顫抖的聲音呼喚我的名字。
「怎麼了嗎？」
「你之前有好好確認時刻表嗎？」
「那當然。」
「……小由，請問今天是幾月幾日？」
「為什麼突然變得這麼客套？」
「你回答就是了。」
由希奇妙的反應，讓不祥的預感變得愈來愈強烈。
「咦？呃，二月十一日。」
「那我可以再問一個問題嗎？」
「嗯。」
「今天是什麼日子？」
由希的問題，讓我困惑了一下。
今天是什麼特別的日子嗎？
由希似乎從我的反應，察覺我是真的什麼都不知道。她像學校的老師那樣，指著公車時刻表說道：

「你看這裡。」

我按照她的吩咐，仔細觀察時刻表。上面寫著星期六，以及最後一班車是晚上七點，跟我之前記的一樣。然而，由希滑動手指，將指尖移到寫著星期天和假日的欄位。那一欄的末班車是下午四點。

發現我到現在還是搞不清楚狀況，由希嘆了口氣公布正確答案：

「二月十一日是建國紀念日，所以是假日。」

「真的假的？」

「真的。」

由希點頭回答。

完蛋了。

沒想到我居然會犯下這種失誤。

是因為太興奮了嗎？呃，我確實是很興奮。畢竟和可愛的女孩子單獨出去玩，對我來說可是件大事。

走在我旁邊的由希一直不說話，感覺好恐怖。

結果我們走了約十分鐘後，再次回到三十分鐘前才剛經過的便利商店。
此時，由希轉身朝我伸出手。
「小由，手機。」
……對啊，手機！
原來還有這一招。因為太過簡單，所以我反而沒想到。
這句宛如天啟般的話，讓我連忙從口袋裡掏出手機。
「借我用。」
「咦？為什麼？」
「借我用就對了。話說小由根本就沒有權利拒絕吧？」
由希說得沒錯。我現在根本沒有那種權利。
我乖乖交出手機後，由希滿意地點頭，然後順勢關掉電源。
「……為什麼？」
「這還用問，如果有這個，小由就會回去吧？例如聯絡父親，或是叫計程車之類的。」
我確實是這麼打算。
但由希像是覺得我問了個傻問題般，露出困惑的表情。難道奇怪的人是我嗎？不對，這
怎麼可能。

由希無視愣在一旁的我，笑著說道：

「比起這個，我們去買晚餐吧。」

「啊？」

「天氣很冷，所以我想吃熱的。例如關東煮。」

「啊？」

自動門一開，溫暖的空氣就緩和了許多事情。由希催促我前進，牽著我的手將我拉進店裡。

橘色的光看起來好舒服。

我完全無法抵抗，像被燈光吸引的昆蟲般，踩著搖搖晃晃的腳步走進店裡。

在那之後。

由希走出便利商店，悠哉地晃動著塑膠袋，然後踩著悠閒的腳步，重新走回海邊。

除了有幾輛車子經過以外，什麼事也沒發生。車頭燈將由希照成黃色，讓她的影子呈九十度晃動。

結果由希沒有買關東煮。

好像是因為賣完了，所以看起來像店長的大叔，勸她明天再來買。大概是一知道買不到，就變得更想吃了。由希死纏爛打地問對方下次什麼時候補料，但這間店似乎十點就關門了。沒有的東西強求也沒用，所以我們最後只買了肉包和炸雞塊之類的東西，就離開了便利商店。

我們從堤防的石階走下海岸。

晚上的海比白天還要寧靜許多。

彷彿全世界的聲音就只剩下海浪聲一樣。

「對不起。說了任性的話。我太貪心了，想要再和你在一起久一點。」

「不，沒關係啦。原本就是我的錯。我才應該要向妳道歉。」

「你不需要向我道歉。這句話還是留到回家後再用吧。你的家人應該會生氣吧？」

「誰知道呢。我家人平常不太管我。對這種事情通常都會睜一隻眼閉一隻眼。」

「你會被罵啦。」

「不，還不確定啦。」

「這樣下去一定會。所以這個還你。」

由希將剛才拿走的手機遞給我。

「他們一定會擔心你。所以我就允許你傳個簡訊吧。就說你在和朋友一起玩。雖然這樣會變成說謊，但你很擅長說謊吧？」

「我又不常說謊，怎麼可能會擅長啊。」

當然我沒辦法謊稱自己從來沒說過謊。

而且這也不算說謊吧。

畢竟我和由希是朋友，我們也確實一起行動。

「真的嗎？」

「真的啦。」

由希隨口應付我，那個表情看起來就是完全不相信的樣子。這讓我莫名地感到難以釋懷，但我還是收下手機，然後發現媽媽傳了一封簡訊給我。

『晚餐要回來吃嗎？』

我稍微思考了一下，決定按照由希的指示說謊。我回覆「今天會住朋友家，所以不用替我準備」。這點程度的謊話，應該不算什麼吧。

按下螢幕上的送出鍵後，我的謊言就化為電子訊號，傳到幾百公里遠的地方。媽媽也立刻回覆「了解」。

「由希不用聯絡別人嗎？」

「聯絡誰？」

「父母之類的。」

「……沒關係。」

由希回答的聲音很小，所以聽不出什麼情緒。但不知為何，我覺得身旁的這個女孩子，就像個迷路的孩子般寂寞。「沒關係」這句話，就這樣消散在夜晚的空氣中。

我在她纖細的肩膀後方，發現了街道的燈光。

距離這裡大概有五公里，或是十公里吧。

就算不只這些距離，應該還是走得到。

只要走到那裡，就會有旅館。應該也有網咖、卡拉ＯＫ和家庭餐廳才對。即使如此，由希還是拿著在便利商店買的暖暖包走在海岸上，看起來不打算前往充滿燈光的地方。所以我們兩人持續在黑暗當中行走。

「啊，你看。還滿乾淨的呢。」

由希總算在一間孤立的海之家前面停下腳步。

那裡完全感覺不到人的氣息，大概只有夏天時會有人來吧。

牆壁上的藍色油漆，已經在經歷風吹雨打後褪色，但看起來還是能夠用來擋風。雖然沒有門，但後方有一塊用來休息的區域。只要把丟在這裡的空罐和零食垃圾收拾一下，應該還是能讓我們度過一晚。

我發現自己有一點興奮——真的只有一點點。畢竟這可是每個男人都至少憧憬過一次的狀況。感覺就像是發現了祕密基地。

在我一個人情緒高漲的時候，由希跑到後門那裡轉動水龍頭，確認這裡有水。

女孩子真的是缺乏浪漫。

我一說出這句話，由希就乾脆地駁斥我只是男女的浪漫不同。

「海水讓我的臉和手都變得黏黏的，不洗一下會很不舒服。」

說著說著，由希就開始在寒冷的天空下用冷水洗臉，這讓我發自內心感到佩服。雖然我也跟著洗了手腳和臉，但我只是隨便用水沖沖，沒辦法認真洗。

然後，我們總算進入休息區，開始吃稍微變冷的肉包、炸雞塊和可樂餅。喝完稍微變溫的玉米茶，休息了一會兒後，那傢伙降臨了。張大嘴巴企圖吞噬我的意識的睡魔，名字裡不愧是有個「魔」字，就像遊戲裡出現的魔王那樣強大。

眼皮變得好重。

世界開始變得模糊。

不管我再怎麼忍耐，都無法停止打呵欠。

即使如此，我還是勉強移動到房間角落，和由希保持距離。我是在用自己的方式，表示出「我什麼都不會做」的誠意。然而——

由希來到體力條已經開始變紅閃爍的我身邊，將她帶來的厚毛毯披在我身上。世界緩緩被濃密的黑暗吞噬，就像從傍晚變成晚上的那個瞬間。
我的眼睛瞬間捕捉到由希那形狀宛如浮在夜空中的新月般的嘴唇。
「嘿咻！」
由希喊了一聲後，也跟著鑽進毛毯裡。我們之間的距離近到連一公釐的空隙也沒有，平常我根本不會去注意自己的呼吸和心跳聲，現在卻覺得那些聲音莫名地響亮。
不僅如此，我還感覺到其他東西。
由希的體溫。
由希的柔軟。
由希的呼吸。
她身上跟平常一樣散發出春天的味道。這些感覺稍微趕跑了我的睡魔。
「那……那個，由希小姐？」
「……請問有什麼事？」
我們的語氣不知為何都變得非常客套。
「這到底是怎麼回事？」
「因……因為很冷啊。」
由希低著頭，將臉埋進腿裡。平常白皙的脖子，現在卻顯得有點紅。這將她的難為情也一起傳染給我。

所以我試著說些玩笑話。應該說如果不這麼做，我絕對撐不下去。

「如果會害羞的話，就不要這麼做嘛。」

「我……我我才沒有害羞。害羞的人是小由吧。」

「這也沒辦法啊。面對像由希這樣的美女，不管是誰都會……呃，那個。」

奇怪？我到底在說什麼。等我回過神時，已經太遲了。

話一說出口，就再也無法收回。

不曉得是因為眼睛已經習慣，還是其他的原因，我發現由希的脖子和耳朵，又變得比剛才還要紅上好幾倍。害我的腦袋變得更加空白。

「呃，那個，我不是這個意思。不對，由希確實是很可愛，但我想說的是，呃，到底該怎麼說才好。」

「嗯。」

「所以，沒錯。我會這樣是沒辦法的事情，嗯，絕對不是因為我想做什麼虧心事。」

由希抬起頭。她的臉還是很紅。她紅著臉，凝視一臉焦急的我。

「那個，小由。」

「是！」

「謝謝你。託你的福，我總算明白自己至今的努力沒有白費。」

我本來以為她是要戲弄我，但她不知為何向我道謝。

「努力？」

「關於這部分，你不知道也沒關係。嗯～這個嘛。就像天鵝那樣。不管在水面下多努力打水，外觀看起來都是優雅地在水面上徜徉。男孩子只要看女孩子優雅地在水面上徜徉就好。」

雖然我聽不太懂這個例子，但意思就是要我別再追究下去吧。

「那回到原本的話題。我說啊，由希，別看我這樣，我好歹也是個男孩子。」

「我知道啊？」

「所以妳不覺得這個狀況有點不妙嗎？」

「不覺得，完全不覺得。」

「為什麼？」

「因為小由是會說自己當大臣就好的男孩子。」

我想起白天和由希一起堆沙堡的事情。她是任性的公主，而我是持續替她完成願望的大臣。

「不過，你知道嗎？如果一直當大臣，就無法完成公主最大的願望。因為公主總是在等待王子現身。」

由希說完後，就閉起眼睛將頭靠在我的肩膀上。在我僵了幾秒鐘後，她開始發出可愛的鼾聲。

平常我在這種狀況下絕對睡不著，但彷彿是受到了人體的溫度與柔和的鼾聲吸引，剛才遠離的睡魔又再次靠近了。眼皮的重量瞬間多了一倍，意識也快速地遠去。

隨著所有東西都變得空虛，理性和自我等平常用來自制的能力都逐漸減弱，而我的慾望絕對不可能錯過這個機會。

我非常卑鄙地，趁由希睡著的時候緊緊握住她的手。

然後，我就滿足地墜入了夢鄉。

❀

我作了一個夢。

我在夢裡還只有四五歲，正在上幼稚園。

這個夢我已經作了很多次，所以即使身在夢中，依然知道這是夢。

但夢的世界只能不斷重演過去的事情，然後迎接同樣的結局。這次一定也是如此。能同時從主角和旁觀者的角度看待這個夢的我，只能靜觀事情的發展。
兩個朋友向年幼的我搭話。
我已經想不起來他們的名字和長相。
但只有聲音記得非常清楚。無論是當時經常和我玩在一起的男孩子，還是最近感情才開始變好的男孩子，他們的聲音都很稚嫩，音調也很高。
其中一人說了。
來踢足球吧。
另一個人說了。
去抓獨角仙吧。
其實比起踢足球，我更想去抓獨角仙，但如果選獨角仙，應該會惹感情很好的朋友生氣吧。如果選足球，則是會讓好不容易才快要變成朋友的男孩子難過。若是現在的我，應該能處理得更好，但當時的我還做不到。
結果，我只能選擇沉默不語。
沒錯。
我兩邊都沒辦法選。
最後，夢境再次結束。

我什麼都沒辦法選，什麼都沒抓住就結束了。
但今天的夢不同。
出現了一個我從未見過的漂亮女孩。
她朝我伸出手。
不知為何，在看見那個陌生女孩的瞬間，我就覺得一切都不重要了。無論是足球、獨角仙，還是已經忘記名字的朋友。
唯一重要的。
就只有眼前這個女孩。
我在夢裡伸出手。
然後，呼喚那個我當時不可能知道的名字。
「由──」
不曉得我的聲音有沒有傳達到。

❀

早上醒來後，我覺得全身都好痛。

我一活動肩膀，就發出「喀喀喀」的聲音。因為一直坐在堅硬的地坂上睡，屁股和脖子都覺得很痛。我的疲勞一點都沒有恢復，眼睛也看不太清楚。

揉了幾下眼睛後，世界才總算開始變清晰。

我這時候才發現。

由希不見了。

我旁邊確實多了一人份的空白，也殘留著些許溫度，唯獨由希的身影宛如雪花般消失。

一股莫名的恐懼向我襲來，緊緊揪住我的內心。

我突然想起由希昨天站在海邊時的背影。海浪持續將又白又細的手伸向她的腳踝，彷彿要將她拉進海裡。難以言喻的不安，催促著我跑出休息室。

一陣冷風突然刺痛我的皮膚，將寒冷滲入我的體內。

冬天的早上。

不對，這算是早上嗎？

世界還很昏暗，只有山脈邊緣微微泛白。現在是夜晚和白天的交界。早晨才正要開始。

陽光像天鵝的翅膀般，逐漸在天空中展開。

一切都被籠罩在光芒當中。

沒錯，包括從我身邊消失的她在內。

由希果然正蹲在海邊。她不知為何珍惜地將那張粉紅色書籤拿在手上，用手指抵著下頷，凝視著即將結束的夜晚。在晨曦的照耀下，她整個人看起來閃閃發光。

然後，那副景象讓我看得徹底入迷，像個笨蛋般無法自拔。

她突然注意到我這裡，抬頭說了些什麼，但因為隔了一段距離，所以我聽不太清楚。我只能隱約能看出她喊了聲「嘿咻」，從沙灘上起身。

還有她喊了我的名字。

她瞇起眼睛，露出白皙的牙齒。

以粉紅色和淡紫色的天空為背景笑了。

我不禁感嘆。

這是我至今看過最美麗的場景。這次，我在現實世界中呼喊她的名字。然後，她也跑到我的身邊。

「早安，由希。」

光是說出這個名字，就讓我感到揪心。

這種初次體驗到的感情讓我十分困惑，明明痛苦卻又不想放手，明明可怕卻又非常溫暖。我忍不住莞爾，這一定是——

我有生以來第一次戀愛。

回程時，我們像是為了雪恥般，在便利商店買了大量關東煮。蘿蔔、雞蛋、牛筋串。然後是絕對不能忘記的高麗菜捲、油豆腐和豆皮包麻糬。尤其高麗菜捲只剩下最後兩個，這讓由希發出誇張的歡呼。

機會難得，我們又去了第三次海邊。

我們坐在堤防上，拿出關東煮。一打開蓋子，裡面的熱氣和味道就讓我們的肚子響了起來。

「開動吧。」

「嗯，開動吧。」

我們一起喊開動，享用吸滿高湯的熱騰騰食材。芥末的味道很嗆，讓我們的眼角開始泛淚。即使如此——

「真好吃。」

「是啊，超好吃的。」

「我就說應該要買高麗菜捲吧？」

「這可能是我吃過最好吃的高麗菜捲。」

「太誇張了吧。」

「一點都不誇張。真的很好吃。」

我夾了一大塊高麗菜捲，一口氣吃了下去。肉的味道在嘴裡擴散，滲出的高湯也十分美味，讓我忍不住一直咀嚼。

「真開心。」

由希放下筷子低喃。

我則是還沒把嘴裡的高麗菜捲吞下去。

「所以感覺有點寂寞。無論是那座沙堡、我們用木頭寫的字，還是昨天和今天的一切，遲早都會消失吧。」

「……不會消失。」

「咦？」

我吞下高麗菜捲，再次說道。

「即使我們現在就突然消失，也一定會留下些什麼。」

「例如呢？」

「呃，這我也不知道。」

雖然我還不知道會留下什麼——

「你根本是在敷衍我。」

「唔，對不起。」

但我是真心這麼覺得。

「算了啦。」

由希點頭。

「這樣也沒關係。只要真的能留下什麼。但那種奇蹟不可能會發生。」

「什麼意思？」

面對我的問題，由希只回了一個傻笑。不知為何，她看起來像是在強忍淚水。我一指出這點——

「是芥末太嗆了。」

她就說出這樣的謊話，像個孩子般持續晃動著纖細的雙腿。

直到我手中的關東煮杯變空後，由希才再次開口。

我隱約覺得她是在等待這個時機。

「我啊。」

由希將被風吹動的頭髮撥到耳後。

「無論如何都想見到。」

「見誰？」

「宇美。」

「我覺得一般人應該不會覺得是來『見』海（註：日文中，海和宇美的發音相同）。」

由希沒有看向我，低喃著「啊，原來如此，一般都會誤會呢」。

「我說的宇美，是我的妹妹。」

「妳有妹妹啊？她是在夏天出生嗎？」

「為什麼這麼問？」

「呃，海給人的印象，就是夏天去的地方吧。」

由希搖頭。

「她是冬天出生。好像是因為宇美出生前不久的時候，我說了想去看海。」

「就跟這次一樣？」

「呵呵。是啊。所以後來爸爸帶著我和大肚子的媽媽，一起去了海邊。坦白講，我不太記得那天的事情，但我直到現在都還清楚記得下著雪的海。在遠比今天還冷的下雪天，看到的冬天的海。明明又暗又寂寞，卻又美得讓人無法自拔，彷彿內心被緊緊揪住一般。」

由希的側臉看起來既悲傷又嚴肅，眼睛也像是在眺望著遙遠的某處。

不是遼闊的大海，也不是遠方的島嶼，更不是消波塊或昨晚住的海之家。

由希應該是在凝視更加遙遠，遠到肉眼看不見的美麗事物。

「雪和海出現在一起，就構成了夢幻般的景象。爸爸是希望我們能成為那樣的姊妹，才會將妹妹取名為宇美。宇美是個既純真又坦率，非常可愛的女孩子。我以前也覺得和宇美在一起很幸福。」

這句話的語氣，讓我感到有點介意。

「以前？」

「我跟她已經很久沒見面了。她去了很遠的地方，不太容易見到。」

「妳覺得寂寞嗎？」

「非常寂寞。但沒問題的。我相信我們遲早會再見面。只要我把該做的事情做一做，好好將一切做個結束，就能再見到她了。所以現在要先忍耐。」

由希說這些話時的表情非常痛苦，完全不像有辦法忍耐的樣子。

但我沒辦法輕易說出「現在去見她不就好了」這種話，她的表情就是如此嚴肅。

「海真漂亮。」

我只能說得出這種話。

「對吧。很漂亮呢。」

「嗯。非常漂亮。」

冬天的海看起來陰暗、寂寞又恐怖。

即使如此，從雲的縫隙透出來的光芒、海浪的聲音，以及持續延伸到地平線彼端的遼闊，還是讓我看得入迷。我是真心覺得海很漂亮。

無論是眼前的大海，還是那個名字和海一樣的女孩都是如此。儘管我沒見過她，但依然可以確定，因為我覺得坐在我旁邊的女孩子，是比什麼都要美麗的存在。

「下次再來看冬天的海吧。挑一個下雪的日子。」

我的這句話，總算讓由希看向我這裡。

她先是一臉驚訝，然後變得泫然欲泣。

但最後還是露出了笑容。

「小由果然是個大騙子。」

即使如此，她的表情還是隱約蘊含著悲傷。

不曉得未來我能不能替她拭去所有的悲傷。

❄

夜晚的街道上響起乾涸的聲音。

那像是用來結束夢境的鬧鐘。

也像是用來宣告童話故事落幕的掌聲。

拍手的少女，凝視著自己隱隱作痛的手掌，彷彿在惋惜曾經納入掌中，但如今已經不存在的事物。

少女剛才回想起的過去，正是那樣的東西。如夢境般不具實體，又如童話故事般虛幻，跟少女的名字一樣，是會融解消逝的事物。

唉，即使如此——

那個閃耀世界的碎片，仍確實殘留在少女心中。如同少年在一年前的那一天所言，仍有東西遺留在這裡。

被稱讚可愛時，少女臉紅了。

她裝作若無其事的樣子，和少年共用一張毛毯。

即使內心緊張到彷彿心臟都要跳出來。

拜此之賜，她比少年還要早醒，甚至還看見了他的睡臉。少年的睫毛很長，睡臉也有點像小孩子。

最重要的是，在睡覺的期間，少年一直握著少女的手。

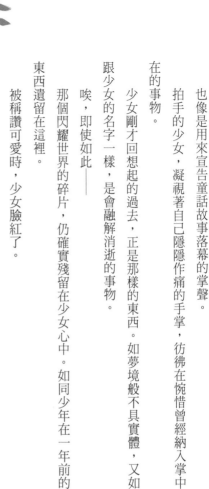

還有什麼事比這更幸福嗎？

她現在已經能夠承認了，承認自己在過去那段長達四年的歲月中對少年抱持的感情，以及原本不願意承認的那些事。

我對他——

「吶，小由。謝謝你找到我。」

少女的低喃像雪一般消逝，沒有傳入任何人的耳裡。她急著趕去少年的家。右手拿著非常甜美，但又帶有一點苦味的兩人的「約定」。左手拿著兩人曾經一起仰望，後來獲得粉紅色形體的少女的「願望」。她緊緊握著這些東西，不讓它們掉落。

然後，二月十四日的夜晚結束了。

無人知曉的故事落幕，新的故事再次開始。

不過，即使如此，少年開口，少女說道。

這是已經不存在於任何地方，但確實曾經存在過的，全世界最幸福的戀愛故事。

Contact.

214+1

「喂，你在幹什麼？」

我叫住一個陌生的少年。

我出門散步時順便繞到附近的公園，在那裡看見一道嬌小的背影連續跑了好幾個小時。

對方應該是小學生吧。

嬌小的身體。

苗條的四肢。

端正的外表，從剛才開始就一臉嚴肅。

少年身上的汗如同淚水般不斷滴落，他用運動服的袖子擦了一下後，將汗水甩掉。在空中飛舞的汗水反射出橘色的光輝，變得更加耀眼，但最讓我感到心痛的，還是他那張不管誰看都會覺得非常拚命，看起來既不甘心又不願意放棄的側臉。

那稍微讓我想起了過去的某人。

那個人明明比眼前的少年還要成熟一點，卻跟他一樣仍是個孩子。因為無法認同，而一直任性地奔跑——

掙扎地想抵達某個不存在的地方。

明明因為流進眼睛裡的汗痛到想哭，夏日的藍天卻亮麗到讓他連淚水都乾了。即使到了現在，只要閉上眼睛還是能夠回想起來。

那段讓人在心裡發誓要牢記眼前所有的一切，發生在夏季最熱的一天的往事。

當時聞得到太陽的味道。

土的香氣也很強烈。

流下的汗味道鹹鹹的。

眼前的少年從剛才開始，就一直在重複和過去的某人一樣的事情。他將手指貼在地上，瞪向前方，在調整完呼吸後向前跑。不過在開始加速前，他就放慢了腳步，然後再次回到原本的地方將手指貼在地上，重複剛才的動作。

少年似乎一直在練習起跑。

或許是練得太認真，少年似乎沒聽見我在叫他。

我從長椅起身，吸了一口春天傍晚的空氣。感覺味道有點甜，明明櫻花都還沒開。

「喂，你在幹什麼？」

我發出比剛才還要大好幾倍的聲音。

少年嚇了一跳，抬頭看向這裡。

「咦？」

汗水從他的額頭流下。

此時刮起了一陣風。

將遮住他的大眼睛的長髮吹了起來。

我倒映在他那對宛如夜空般漆黑的眼睛裡的身影，隨著距離拉近變得愈來愈大，世界之間的模糊界線，也開始鮮明地浮現出來，證明原本只是風景一部分的我，確實踏入了他的世界。人與人就是像這樣相遇，然後連繫在一起。

「幸會。我叫瀨川春由。」

我開口說道。

「咦？呃，那個。哇……哇哇，不對，是……是在叫我嗎？」

我點頭肯定少年困惑的疑問。

於是他也跟著回應我。

「幸……幸會，我叫晴人（HARUTO）。」

在大學生活即將步入尾聲的某個春日。

我就這樣認識了一個小學生。

「昨天發生了這樣的事。」

「我可以開車窗嗎？」

「請自便。」

在我回答之前，坐在副駕駛座的卓磨已經先打開了車窗。還帶有些許寒意的春風像是在洗淨車內般，將溫熱的空氣帶到車外，順便吹起了卓磨的瀏海。我的好友嘴裡喊著「這風真舒服」，將臉靠在窗邊，然後哼起了很久以前流行過的偶像歌曲。那是一首宣告春天開始的情歌。

「畢竟是春天啊。」

「我還不至於連你的名字都不知道，你以為我們認識幾年了。」

「我才不想聽這種無聊的玩笑話，話說你剛才有在聽我說話嗎？」

「有啦有啦。不就是你向一個念小學的美少年搭話，然後被警察抓走的事情嗎？」

「我才不是這麼說的。」

看來卓磨對我和少年的相遇沒什麼興趣。

我在三十分鐘前跟爸爸借車，去車站接高中認識的朋友。

明明已經很久沒見面，身材高壯的朋友走出如今已經變得冷清許多的車站時，我還是一眼就認出了他。雖然他的臉已經確實從少年變成青年，但笑起來的樣子還是跟高中時期一樣。

他舉起手喊了聲「喲」，所以我也以同樣的方式回應。

這種一如往常的見面方式，只用一秒就將我們之間隨著時間變遠的距離給拉了回來。當然，這對我們來說是件值得歡迎的事情。

將卓磨的行李扔進車廂後，我把車子開出車站的停車場，以時速五十四公里的速度，平穩地行駛在以前上學每天都會看見的縣道上。

假設高中生活的三年就像用走的一樣，大學的三年應該就像車速一樣快吧。

剩下的一年，一定也會過得很快。

或許是從熟悉的景色感覺到了什麼，卓磨將臉拉回車內問道：

「話說阿春打算在這裡待到什麼時候？」

「應該會再待一個星期吧。我一放春假就回來了，所以已經算待了很久。差不多該開始準備找工作了。卓磨呢？」

「我該怎麼辦才好呢。反正還有時間，應該會暫時待在這裡吧。畢竟我已經找到工作了。」

卓磨隨口說道，讓我忍不住皺起眉頭「啊？」了一聲。這股動搖也影響到我的手，讓方向盤稍微晃了一下。這點也反應在車子身上，害我差點開到隔壁車道。卓磨喊了聲「唔哇，好險」，聲音裡同時包含了驚訝與責備。

「這沒什麼好驚訝的吧。比較快的公司都已經開始決定了吧。」

「我連履歷表都還沒開始寫。」

「畢竟阿春總是在奇怪的地方認真。反正你一定是像個國中生般，在煩惱『自己想做的事情到底是什麼』吧？」

「唔。」

「被我說中啦。我覺得你在這方面真的很笨拙。這種事就是先做了再說。只要有在前進，遲早會抵達某個地方。而且或許會比一開始想像的還要有趣也不一定。不管選哪一條路，最後都不會是死路。為什麼你就是不明白呢？」

我本來想回答卓磨「這我也知道」，但最後還是將話吞了回去。自己拚了命才抵達的地方，不可能是一無所有，這點我也很清楚。不過要踏出那一步，需要非同小可的力量，或是勇氣。

朋友講的大道理讓我覺得有點刺耳，所以我決定反擊。

「你是因為和堀田小姐吵架，所以才會回來這裡吧。」

卓磨突然語塞。

堀田真小姐，簡單來講就是卓磨的女朋友。去東京念大學的卓磨，在剛進入黃金週時，就已經開始和堀田小姐交往。對方比我們年長三歲，目前正在讀碩士。

我跟她見過幾次面，是個既漂亮又聰明的人。

我覺得她是個可靠的人，簡直就是大人的模範。

畢竟能真正將卓磨當成小孩子對待的人並不多。

「你怎麼知道。是小真告訴你的嗎？」

我的臉頰感覺到卓磨刺人的視線。

「不，只是有這種感覺。因為剛才那些話好像不是在針對我。」

「唔。」

「被我說中啦。我也覺得你在這方面真的很笨拙呢。怎麼啦，對方反對你接受那份工作嗎？」

卓磨吐了口氣，將身體靠在椅背上。他罕見地用軟弱的聲音，嘟囔著「那姑且是間大公司」。

「不僅薪水不錯，福利也很好，只是職種和我的專攻有些微妙的不同。她覺得這樣很可惜，但我覺得應該會滿有趣的。」

「順便問一下，那裡是你的第一志願嗎？」

「不是，算第三吧。」

「這才是原因吧？」

「果然你也這麼覺得？」

「是不希望卓磨後悔吧。」

「我好歹也是考慮了很久才決定，所以希望她能在背後推我一把。」

「什麼嘛。」

我在十字路口右轉。因為彎進了一條小路，所以我稍微讓車子減速。這條路平常沒什麼在維護，開起來很晃。我，還有卓磨。

都在相同的地方，用相同的方式搖晃。

「怎樣啦？」

「我稍微鬆了口氣。」

「所以你到底想說什麼？」

「你也在為未來的出路感到迷惘。和我半斤八兩。」

「吵死了。」

過不久，我看見道路拓寬工程的告示板，讓我忍不住開心了一下。這樣以後和對向車會車時，就不用一一停下來等了，撞到其他車子的風險也降低很多。

只是若要拓寬道路，就必須破壞原本存在於那裡的東西。

如果想獲得什麼，就一定要付出代價。

預定要拓寬的地方被用交通錐圍了起來，雖然那裡還沒鋪平，但已經變成空地。光是這樣，就讓我想不起來那裡原本有什麼。

「阿春，那裡原本有什麼啊？」

看來卓磨也想到了一樣的事。

「我也不記得。明明應該看過很多次。」

「連想都想不起來，讓人覺得有點寂寞呢。」

「話說你有發現車站前面的便利商店倒了嗎？」

「不，還有在開吧？」

「不對，真的倒了，只是換開別間便利商店。這座城市在其他地方應該也變了不少，只是我們沒有發現而已。這世界上沒有什麼事情是永遠的。而且，這種事恐怕會一直持續下去。」

我們之間瀰漫著某種氣氛。那是一種普通的感情。要講出來很簡單。

不過，一旦透過言語賦予輪廓，那傢伙一定會立刻對我們的心露出獠牙吧。感覺一定會很痛。所以我們都刻意不說出口。

過了一段時間，卓磨又恢復成平常那個調調。

「哦，看得見了。這裡都沒變呢。」

眼前是我們上了三年的高中不變的身影。

明明是早就知道的事情，但我和卓磨都稍微鬆了口氣。

好久沒有走進高中了。

卓磨有事找籃球社的顧問渡邊老師，所以叫我陪他一起來，不然我應該不會有理由回到已經畢業的學校。

跟辦公處的大叔打了聲招呼後，我和卓磨一起前往教職員辦公室，今天明明是星期六，除了渡邊老師以外，居然還有其他幾位老師也在裡面。

桌子的配置沒什麼改變，但似乎已經有幾位老師調職了，以前擺著小孩子照片的地方，被換成了機動戰士的迷你模型。

從敞開的窗戶能看見近到只要一伸手就能碰觸的櫻花花蕾，看來再過幾天就會盛開。再過不久，那些白花的側面就會變成粉紅色，美麗地隨風飛舞。

「話說御堂，你是不是又長高了。快要超過兩公尺了吧？」

「怎麼可能。我早就停止發育了，只是身為男人的器量變大而已。」

「唔哈哈哈，這傢伙變得愈來愈會說話了。」

渡邊老師用力拍著卓磨的肩膀，卓磨邊喊痛邊輕輕拍了回去，這是高中時代看不到的景象。

卓磨以前參加社團活動時經常被罵，只要一談到社團就會開始抱怨。即使如此，他們確實共度了一段時間，也擁有共同的回憶，所以現在才能表現得像老朋友一樣。如果這樣的未來能持續下去，卓磨高中時期的努力就會變得非常有價值吧。

因為兩人開始聊起了我不認識的學弟，為了不妨礙到他們，我稍微和他們拉開距離。在聊回憶時，不需要外人。

此時，我和一位老師對上視線。

她像是覺得好笑般，笑了出來。

雖然眼鏡後面的眼神還是一樣銳利，但給人的感覺有比較溫和一點。

那個人是古里老師。

她差不多已經當了整整四年的老師，所以應該已經比當時還要習慣老師的工作。現在回想起來，那個咄咄逼人的氣氛，一定是個性認真的古里老師連同套裝一起披在身上的防具吧。

為了避免被學生小看。

為了當一個獨立的社會人士。

當時還是高中生的我們，和她的立場距離實在太遠，所以才會沒有發現，但在過了三年後，感覺我稍微能夠理解了。

「好久不見。」

「嗯，和瀨川確實是很久沒見了。」

「我嗎？」

「御堂每次回到這裡，都會抽空來玩喔。」

「啊，原來如此。但像卓磨那樣的人應該不多吧？」

「是啊。」

古里老師像以前那樣溫柔地笑著，將變長的頭髮撥到耳後。

「確實是很少。畢竟你們的日常生活已經不在這裡了。畢業，成長，然後找到各自的容身之處。我也是這樣。但偶爾回來看看也不錯吧？」

「會想起很多當時的事情呢。」

嘴巴上是這樣講，但我高中時幾乎沒有和朋友到處玩的回憶。

不對，我並沒有喪失記憶，也沒有被同學欺負。

我每天都會正常上學，也跟朋友們一起去過夏季祭典，不僅認真準備考試，在大考前還去神社參拜過，這些我都記得很清楚。

只是一旦踏出學校，我通常都是獨自行動。

我一個人去了各種地方，做了各種事，還笑了很多次。

雖然已經是很久以前的事情，但那些回憶仍像溫暖的血液般持續在我心裡流動，絲毫沒有褪色。

我瞇起眼睛看向窗外的藍天，沉浸在回憶裡。

在那些日子裡懷抱的感情。

有喜悅，有憤怒，有焦急，也有悲傷，但這些全部加在一起，無疑就是我的青春。是這段令人憐愛的時間，構成了現在的我。

「是啊。我也真是太疏忽了。我本來以為瀨川是個認真的學生，沒想到你也有在協助新聞社的陰謀。」

「講陰謀也太誇張了。話說，古里老師也知道『那個』的事情嗎？」

就算我是畢業生，也不能光明正大地在教職員辦公室裡講「選美大賽」的事情。那個只是例外沒被追究，老師們表面上是裝作不知道。

或許是明白這點，古里老師笑著輕輕將臉湊過來，像是在講悄悄話般小聲告訴我一件事。這讓我覺得耳朵裡面好癢。

「我現在是新聞社的顧問喔。」

她的聲音聽起來很開心，讓我也忍不住笑了。

古里老師現在一定是個比我們那時候還要受歡迎的老師。

渡邊老師和卓磨還聊得很起勁，所以我丟下他們自己到學校裡閒晃。假日的校舍沒什麼人，所以沒人會在意我穿便服。我在路上和穿著懷念制服的少年擦身而過，他低頭向我行了一禮後，就跑過了走廊。

不管是以前或現在，在學校裡都不會有人徹底遵守「不能在走廊上跑步」這條規矩。

我回想起那位年紀和現在的我差不多的女老師的臉。

那張臉現在已經被換成一張淘氣的笑臉。

啊，我必須稍微訂正一下，至少現在沒有人遵守。在大家看不見的地方，古里老師應該也有用比平常輕快一點的腳步，偷偷在走廊上奔跑過吧。

我走上樓梯，前往以前上課的教室。

畢業典禮已經結束，所以那裡現在是一個空房間，但還是能看見那些不知名的學弟妹留下的痕跡。黑板上隱約還能看見「恭喜畢業」這幾個字。和我們當時不同的是，現在好像還多了個班級目標。

我隨手摸了一張桌子，光滑的表面上有一些傷痕。大概是有人在上課時為了打發時間，用美工刀刻的吧。

我以前剛好就是坐這個位子。

難得有這個機會，我久違地試坐了一下。當然，現在桌椅都已經不是我以前用的那一套了。或許是因為這樣，感覺看見的景色也有點不同。

還是因為周圍，不對，隔壁沒有坐其他人呢。

感覺理應熟悉的一切，都稍微褪色了一點。無論何時，我們都要等到過了那段時期，才會察覺那些重要事物的價值。

風從敞開的窗戶吹了進來，窗簾被吹得鼓起，藍色的天空也跟著溜進陰暗的教室。

世界突然變回我上高中的時候。老師唸的教科書內容，下課時間的喧囂，卓磨開我玩笑，朱音呼喚我的名字。

不過等窗簾再次蓋住窗戶後，陰暗的教室已經恢復成三年後，也就是現在的模樣。幻想已經遠去，再也無法觸及。

時間確實有在流逝。

這裡已經不是我的座位了。

真令人寂寞。

我在那段時光裡，確實累積了足以讓我這麼想的回憶。

但我並不覺得悲傷。

二十一歲的我，已經知道這樣才是正確的。

我原本趴在桌上睡著了，但被在口袋裡振動的手機吵醒。我沒確認來電者的姓名，就邊打呵欠邊熟練地接起了電話。

「呼啊～喂。」

「你現在在哪裡？」

來電者當然是卓磨。

「在教室睡午覺。」

「你還真是大牌。」

「是啊。事情辦完了嗎？」

「嗯。回去前，我想繞去體育館看看，你現在方便過來嗎？」

「收到。」

我從椅子上起身，走出教室。最後再次將教室的氣氛收進眼底後，才把門關上。

我一次跳兩階樓梯下樓。

抵達一樓後，我經過柔道場旁邊，來到體育館前面。

卓磨已經依約在那裡等我。

「久等了。」

卓磨用跟渡邊老師借來的鑰匙打開門後，眼前就出現對兩個人來說過於寬廣的空間。

我之前在畢業典禮上唱校歌時，還想過自己可能再也不會來這裡了，所以再次踏入這裡，讓我覺得有點感慨。

卓磨立刻熟門熟路地走進用品室，拿了兩雙破舊的鞋子和籃球出來。他將沒綁鞋帶的鞋子扔向體育館高聳的天花板，我一接住那雙鞋子，聲音就在體育館內迴響。

「你這是幹什麼？」

「偶爾會有人忘了帶球鞋，所以我們在那裡藏了一雙備用的。幸好藏的地方沒變，尺寸沒問題吧？」

我按照他的指示確認印在鞋底的數字，正好是我的尺寸。

「嗯，沒問題。」

「這樣啊，很好。那麼，來打球吧。」

「不，誰要跟你打啊。」

「為什麼不打？」

卓磨似乎是真心覺得不可思議，但那應該是我的臺詞。

面對從國中開始就加入籃球社，一直練到大學的人，我這種只有在體育課打過球的人怎麼可能會有勝算。

「不管怎麼想，我都不可能贏吧。」

「那就一對一，阿春先攻。球被對手搶走就換邊。我給阿春十次進攻的機會，至於我，只要一次就夠了。最後看誰得的分數比較多，就算只多一分也算贏。」

「到底要怎麼聽，才會做出這樣的回應啊。」

「輸的人今天就請喝酒吧。」

「話不是這樣說的吧。別擅自決定啦。」

卓磨擅自說完後，就開始換鞋子，我因為覺得尷尬，所以最後也跟著換了鞋子。備用的球鞋看起來既脆弱又破爛，但似乎有好好保養，穿起來感覺還不錯。

我綁好鞋帶後起身，用腳尖踢了幾下地板，硬物碰撞的聲音很快就消失在空氣當中。

卓磨像是在確認身體狀況般，開始活動筋骨和彎曲雙腳，我也久違地做了暖身運動，覺得身體稍微變熱了。

大致伸展完後，卓磨將橘色的球丟給我。我把球丟回去後，他又再丟給我一次。這是比賽開始的信號。

卓磨拉開距離，放低重心，開口挑釁我。

我一把球扔向地板，球就馬上彈回我的手中。光線從體育館上方的採光窗照射進來。從那裡也看得見天空，和剛才一樣是屬於春天的藍天。真是青春。雖然講這種話可能會被別人說不夠成熟，但我意外地不討厭這種事。

沒錯，我並不覺得討厭。

我深深吸了口氣，再用力吐出來。

然後順勢衝向籃框。

卓磨當然也跟著上前阻擋我。我伸出左手不讓他靠近，在卓磨的手勾不到的地方持續運著球。

「說了這麼多，你還是很有幹勁嘛。」

「如果不陪朋友玩一下，感覺他會哭出來啊。」

「原來是這樣啊。那真是太感謝了。」

卓磨強硬地突破我左手的防守，用他修長的手臂去勾後面的球，但我使出了一招轉身過人。被我甩在後面的卓磨發出驚嘆聲，而我也跟他一樣驚訝。太順利了。順利過頭了。

眼前的空間一個人也沒有。

每個打籃球的人大概都經歷過這個瞬間，並為了再次體驗這個瞬間，努力忍受嚴苛的練習。

昨天遇見的少年的側臉，突然在我腦中一閃而過。

但他的表情並不是這種感覺。

而是懷抱著更加迫切的念頭。

我就這樣衝過無人的空間，稍微放慢速度，球鞋與地板摩擦的聲音響起，表示我順利穩住了腳步。我輕輕彈跳，將球投向籃框。

球漂亮地旋轉，朝籃框的方向前進。我握緊拳頭。很好，這樣就不會輸了。既然卓磨只能進攻一次，即使我接下來的九次進攻都被阻止，也頂多只是平手。

但一隻手從我的背後伸了出去，將我天真的想法連同球一起拍掉。不用想也知道那是誰的手。除非是幽靈，否則這裡就只有我和卓磨。

他已經跑向球彈跳的方向，然後抓著球笑道：

「還有九次。」

等我注意到時，我已經被他惹惱了。

第一次是我狀況最好的一次。

但重複到第四次時，我也發現自己的動作變得愈來愈遲鈍。腳好痛，手好重。在大學的課程裡，體育算是選修課，除此之外都沒有什麼運動的機會。就連那個選修課程，我都在一年級的時候就早早修完了，所以我上次認真運動，已經是兩年半前的事情了。

最重要的是，卓磨除了第一次以外，都非常認真地在控制距離和防守，讓我連想投籃都很困難。

我大口喘氣，瞪向眼前的朋友，他還是一副若無其事的樣子。

「你這個……體力怪物……」

「呵呵，我就當作是稱讚吧。」

第八次攻擊結束後，我依然沒有得分。只剩下兩次機會。我本來還以為自己至少能投進籃框一次，真想揍之前把事情想得這麼容易的自己一拳。

卓磨把球丟回給我。我接住球後，重新走回三分線的位置。如果不盡可能讓體力恢復，我根本就沒有勝算。

我大口喘氣，為了爭取時間，我決定向卓磨搭話。雖然不曉得有沒有用，但我打算順便試著動搖他。

心理狀態會大幅影響運動時的表現。

如果有人替自己加油，就能發揮超出實力的表現，要是最喜歡的人在籃框底下等，就連跑一百公尺都只要五秒——這樣講就有點太誇張了。

但至少能夠稍微激勵自己。

之後一定會遇到需要這一步的時候。

「喂，卓磨。」

「怎樣，要投降了嗎？」

「我怎麼可能這麼做。只是剛好想到一件事。」

這是我剛才想起昨天見到的男孩子的側臉時，同時想到的事情。

卓磨的眉毛動了一下。

「堀田小姐之所以會反對你接受那份工作。」

「這件事已經不需要再提了吧。」

我趁卓磨說出這句話，稍微鬆懈下來的時候，將球丟給他。長年累積的經驗，讓他反射性地接住球再回傳給我。而我也同時往前衝。

「啊，喂，你太卑鄙了。」

「這哪裡卑鄙了，請你說是戰略。」

我花了兩步衝到卓磨旁邊，確認他反射性地行動後，再按照計畫將重心移到另一側，一口氣突破他的防守。即使他擁有過人的體力，也不可能完全不會累。卓磨的膝蓋彎曲，身體失去平衡。

我趁這個機會，盡可能接近籃框。

稍微遲了一會兒，我感覺到卓磨從背後追上來的氣息。即使現在直接投籃，也只會重蹈第一次的覆轍。

所以我等他追上後，才用雙手抓住球。

誤以為我要開始投籃的卓磨，只能選擇立刻跳起來。我把腳伸直，但腳底仍貼著地面。

「啊。」

卓磨的聲音響起。

我刻意慢了一拍，才接在卓磨後面起跳。

一切看起來都像是慢動作。稍微鬆開的鞋帶，卓磨悔恨的表情，體育館的天花板，藍色的天空。稍微往後退一點，就是我目標的籃框。

我朝那裡投球。

「上啊！」

等我注意到時，上衣已經被汗水黏在背上。

喉嚨也覺得好乾。

即使如此，這仍是最棒的瞬間。

橘色的球在碰到籃框後彈了起來，然後像是在努力維持平衡般，在邊緣轉了幾圈才落入籃框。

「啊，可惡。居然被那麼初步的假動作騙到。」

我無視懊悔的好友，立刻開始進行最後一次進攻，但輕易就被擋了下來。再也沒什麼比第二次奇襲更沒意義的事情了。最重要的是，我已經沒有體力了。

「這樣我就拿到兩分了，卓磨，你還要比嗎？」

「那還用說。怎麼講得好像你已經贏了？」

我們擊了一下掌，交換攻守位置。

卓磨吐了口氣調整呼吸，然後把球丟過來。

我仿照剛才的卓磨，再把球丟回去，但他的動作很快，一接到球，就像是呼吸般自然地將球投了出去。

「啊？」

我什麼都沒辦法做，只能看著球劃出的軌道。

球一離開卓磨的手，就劃出漂亮的拋物線穿過籃框。那是一記連籃框都沒碰到，既安靜又美麗的投籃。直到籃網晃動的聲音響起，世界才又重新開始轉動。

「好，是我贏了。」

卓磨舉起手用力握拳，慶祝自己的勝利。

「為什麼，這樣算是同分吧？」

「別說蠢話了。我的是三分球，所以是三分。你只有拿到兩分。而且我一開始就說過即使只贏一分也算贏。所以是我贏了。」

「我好像有看過類似的漫畫。太狡猾了，你從一開始就打算這麼做吧。」

「唔哈哈哈。是啊。嗯~真是開心。」

這樣看來，他之前那些抱怨應該也都是演技。雖然不甘心，但我徹底輸了。卓磨接住在籃框底下彈跳的球，開始在體育館的地板上運球。

他的動作和我這個外行人完全不同。

卓磨的球就像是擁有意志般，在他巨大的手掌與地板之間反覆移動。

「喂，阿春。關於輸家要請喝酒這件事。」

「我知道啦，輸了就是輸了。今天由我來請客。」

「不，我不是這個意思。請喝酒的事情就算了，我們繼續剛才的話題吧。」

「剛才的話題？」

「啊，你居然完全忘了。你剛才該不會只是在虛張聲勢吧。」

「所以你到底在說什麼？」

「就是小真反對我接受那份工作的理由。」

「哦，那件事啊。」

我徹底忘得一乾二淨。

「與其說是虛張聲勢，不如說我只是剛好想到。我覺得堀田小姐應該是在激勵你。」
「你到底是從哪裡聽了什麼話，才會這麼想啊。」
「嗯。仔細想想，我不覺得堀田小姐是那種會因為覺得太可惜，就反對卓磨對未來的規劃的人。」
說著說著，我才想到卓磨可能也早就注意到這件事，但他不知道堀田小姐為什麼要這麼做，只覺得她有點反常，所以才會逃來找我。
卓磨停止運球，開始用指尖轉球。
「原來如此，然後呢？」
「既然如此，問題就在於她為什麼要反對了。我不是堀田小姐，所以這未必是正確答案，但我認為她應該是想讓自己成為最後一道難關。」
如果卓磨的決心脆弱到會因為堀田小姐反對就動搖，那他遲早會後悔，但反過來講，如果這是他即使被堀田小姐反對也堅持要做的事情，那就算後來遭遇困難，應該也能繼續前進。只要卓磨和那個少年一樣，是抱持著切實的想法，拚命朝未來伸出手——
「感覺阿春變了呢。」
「是嗎？」
「嗯，是啊。不過，謝啦。總覺得比較釋懷了。」

「那真是太好了。」

在只有我們兩人的體育館裡，我們的聲音大聲迴響，然後消散。

我把車開到卓磨家前面，放卓磨和行李下車。我們原本就說好在晚上的飲酒會開始前先解散一次，但結果現在時間比我們預期得還要早。

這是因為卓磨在車上的時候，一直顯得心不在焉。他應該有想要思考的事情，以及想說話的對象吧。

所以他似乎需要一個人獨處的時間。

「那麼，傍晚見。」

「哦，不好意思啊。」

「沒關係，不用在意啦。」

我一發動車子，比我還高大的朋友看起來就立刻變小。那個男人一直認真地在後照鏡裡朝我揮手。

我一回到家，就發現夏奈正在盯著烤箱看。

被她束起來綁在腦後的黑色長髮，看起來就像是一隻狗在開心地搖尾巴。

她嘴裡哼的歌像風聲般清澈悅耳，伴隨著砂糖的甜味一起充滿整個房間。

這個妹妹的性格明明到國中時都還像個小學男生，在昇上高中並加入社團後，卻完全變了個人。她似乎將體內多餘的能量全都用在社團活動上了。

這讓夏奈一轉眼就成了一個隨處可見的普通高中女生。

她的女性朋友變多，開始變得會害羞，甚至還學起了作菜和化妝。雖然我沒有當面問過她，但她或許正在談戀愛也不一定。

「啊，阿春，歡迎回來。」

即使如此，她在發現我後展露的那道天真無邪的笑容，依然屬於我熟悉的她。

「我回來了。妳在做什麼？」

「蘋果派。剛才電視在介紹作法，我覺得很有趣就試著作作看了。」

「哦，聽起來不錯呢。我也想吃。」

「咦，阿春今天不是不會回來吃晚餐嗎？」

「是啊。我要去參加飲酒會，很像是大學生會做的事吧。」

我從冰箱裡拿出盒裝牛奶，倒進杯子裡。伴隨著「咕嚕咕嚕」的聲音，白色的海浪在透明的玻璃杯裡逐漸上升。右手的牛奶盒慢慢變輕，直到最後一滴牛奶滴落水面。

「酒好喝嗎？」

夏奈伸出手問道，她收下空的牛奶盒後，還仔細用水洗過晾乾。

「這個嘛。我認為夏奈應該會覺得蘋果派比較美味。」

「那就算了。你真的要吃蘋果派嗎？」

「那當然。離飲酒會還有一點時間，我剛才有運動，所以肚子餓了。」

我點頭回答，一口氣喝完了整杯牛奶後，才發現自己比想像中還渴。

「好吧。再五分鐘左右就烤好了。我來準備就好，你先去換衣服吧。剛烤好的一定很好吃。」

「聽起來真不錯。」

我將杯子放到廚房裡後，夏奈就自然地把杯子也一併洗乾淨了。我向夏奈道謝，她隨便揮了一下手，就繼續像剛才那樣開心地盯著烤箱。

我聽著她重新開始哼的歌，離開客廳回到自己的房間。

沖了熱水澡洗掉身上的汗水後，我重新回到客廳，已經坐在沙發上的夏奈，鼓起臉責備我動作太慢，我道完歉後，就坐到她的隔壁。

在玻璃桌上放了兩塊被切成等邊三角形的蘋果派。旁邊還附了淋上巧克力醬的香草冰淇淋。蘋果派的熱度讓香草冰淇淋稍微融化了一點，夏奈應該是在氣這個吧。

夏奈似乎誤解了我的視線，尷尬地嘟囔著「冰淇淋是之前就買好了」。

「妳誤會了，我只是在想看起來很好吃。」

「真的嗎？」

「嗯。那就趁熱吃吧。」

「嗯，我開動了。」

「我開動了。」

我們一起喊了開動後，就把叉子刺進烤成褐色的蘋果派。甜甜的香味變得更加強烈，煮得甜甜的軟嫩蘋果發出金色的光輝。

吃進嘴裡後，首先感覺到的是奶油的風味，咀嚼了兩三次後，就換出現蘋果的酸味。雖然這可能是在偏袒自家人，但感覺比店裡賣的好吃多了。

「嗯，好吃。」

「太好了。」

看我吃過一口後，夏奈也跟著吃起了蘋果派。她仔細咀嚼後吞下，然後開始誇獎自己作得真好。

我們一起吃著蘋果派，同時打開電視。星期六傍晚沒什麼吸引人的節目。轉了幾台後，我決定看一個專門介紹地方資訊的新聞節目。

曾經在電視上看過幾次的主持人，正走在一個我沒看過的城市裡。

「看起來好像很開心。」

「是嗎？既然是工作，主持人應該也很辛苦吧？」

「不，我是在說夏奈喔。最近遇到了什麼好事嗎？」

「嗯。與其說是好事，不如說是因為阿春稱讚我作的蘋果派好吃。」

「就只是因為這樣？」

「雖然你覺得這不算什麼，但自己努力製作的東西被別人誇獎，果然還是會覺得很開心。尤其那還是自己喜歡的東西。」

我再吃了一口蘋果派，仔細咀嚼後吞下。然後，我呼喚妹妹的名字。

「夏奈。」

「什麼事？」

「果然很好吃。」

「嗯。」

「開心嗎？」

「非常開心。」

「那跟我道謝。」

「謝謝你稱讚我的蘋果派好吃。」

「不客氣。」

「咦？為什麼請你吃東西的我要道謝啊？」

「妳現在才發現啊。」

我笑著說道，夏奈將叉子含在嘴裡，發出不悅的聲音。

就在這時候。

我對夏奈做的惡作劇，立刻就遭到了報應。

我的眼角在電視螢幕上瞄到了某人的臉，害我被蘋果派嗆到。我不斷咳嗽，咳到胸口都痛了。夏奈連忙輕輕幫我拍背，直到用冰紅茶把蘋果派吞下去後，我才擺脫了這個九死一生的險境。即使剛經歷過生死關頭，我泛著淚水的眼睛仍緊盯著電視。

雖然頭髮變短，鬍子也剃掉了，但那個高大的身軀，低沉的聲音，以及那宛如星光般閃耀的幼稚眼神，至今仍令我印象深刻。

是導演。

導演出現在電視上——

「唔哦哦哦，我我我我，成功啦啊啊啊。」

像這樣大聲喊叫。

「阿……阿春，你沒事吧？」

夏奈擔心的聲音，現在聽起來好遙遠。

「是導演。」

「咦？」

和我一起看向電視的夏奈，唸出顯示在上面的文字。自製電影。獲得了——獎。片名是——。內容——。因為都是些片段的情報，所以我腦袋裡還是亂成一團。

我只知道一件事，那個像小孩子一樣訴說夢想，追逐夢想的青年，現在正要抓住他的夢想。只要知道這點就夠了。

「啊哈哈哈。」

我忍不住笑了出來。身體開始起雞皮疙瘩，不斷顫抖。雖然妹妹用有些膽怯的眼神看著突然發狂大笑的哥哥，但我還是無法忍耐地笑了。因為這種事也只能笑了吧。

雖然或許還只是將手指放在起跑線上的階段，但久違地在電視上看見導演的身影，還是讓我激動了起來。

努力的人獲得了回報。

我喜歡這種理所當然的故事。

「阿春，你認識這個人嗎？」

等我笑得差不多後，什麼都不知道的夏奈才開始戰戰兢兢地問道。她的臉看起來有點好笑，我一捏住她的鼻子，她就開始痛苦地掙扎，然後——

「你幹什麼啊！」

生氣了。

此時，電視上已經開始播放下一則新聞。

暌違數年的相遇，並沒有持續多久。

下次看見導演的臉，應該又是在另一個舞臺了。

我想在一個巨大的舞臺，看沒有發現我的導演。希望能在街上閒晃時，在某張電影海報上看見他的名字。

這麼一來，我就能跟別人炫耀這個誰也不知道的小插曲了。

說我曾經在這個人拍的電影裡擔任臨時演員。

我稍微在心裡祈禱這個小小的奇蹟能夠發生。

約定的時間還沒到，我就稍微提早出門，繞到公園。

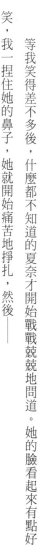

那道嬌小的背影，今天也毫不厭倦地跑向太陽。

對方似乎也有注意到我，所以我在自動販賣機買了運動飲料和給自己喝的熱巧克力。我右手拿著冰涼的保特瓶，左手拿著熱熱的鐵罐，然後走向那位少年，呼喚他的名字。

「喂～晴人。」

「咦，啊，哇。」

突然被叫到名字，讓晴人嚇了一跳，他稍微失去平衡，但還是努力揮動雙手，拚命不讓自己跌倒。

他的臉有點紅，但這不是因為夕陽，也不是因為用力過度，當然更不會是因為害羞。

這是他一直在獨自努力的證明。

過不久，勉強恢復姿勢的晴人吐了口氣，然後笑了。

他用還沒變聲的尖銳聲音呼喚我的名字。

「瀨川春由哥。」

「為什麼要叫全名？」

「說得也是，為什麼呢？呃，因為你比我年長。」

真是個莫名其妙的理由。

「看你要叫我瀨川、春由還是阿春都可以。叫全名很麻煩吧？」

「嗯～那就叫你瀨川哥吧。」

「為什麼？」

「因為我也是春（註：阿春的日文發音為HARU，和「晴」發音相同）。」

「嗯。那我也用晴人的姓來叫你吧。你姓什麼？」

「咦？」

「嗯？」

晴人驚訝地看著我——

「原來如此。那就先保密吧。瀨川哥叫我晴人就好。」

而且不知為何好像很開心。

「你不介意嗎？」

「嗯，這樣就好。」

「那就這麼辦吧。」

在說話的同時，我將保特瓶貼到那張紅紅的臉蛋上，晴人嚇了一跳，發出像女孩子的慘叫。

「你……你你你做什麼？」

「因為晴人很努力，這是大哥哥給你的慰勞品。拿去喝吧。」

「真的嗎？謝謝。」

光是這句話，就讓晴人忘了自己剛才被捉弄的事情。他立刻大口大口地喝起了運動飲料。

「呼。好喝。」

「那真是太好了。」

分幾次把運動飲料喝完後，晴人守規矩地將空瓶子扔進垃圾桶裡。我也在喝完熱巧克力後，坐到長椅上。我拍著長椅邀晴人一起坐，他猶豫了一下後，在跟我隔了一個空位的距離的地方坐下。

「這距離微妙地傷人呢。」

「因為我身上都是汗。」

「我又不在意。」

「我會在意。」

我小心不被晴人發現，將注意力集中在鼻子上，但只聞到尚未開花的春天氣息。在愈來愈暖和的太陽的味道當中，那股味道正一點一點地變濃。

當然，我完全沒聞到汗臭味。

「不……不要聞啦。」

「被發現啦。」

「瀨川哥該不會是個怪人吧？」

「誰是怪人啊。我可從來沒被人這麼說過。」
「因為我明明都說了不喜歡這樣，你還是想聞我的汗味。」
晴人的表情，就像是真的覺得我很噁心一樣。
「對不起。我沒想到你這麼不喜歡被聞。我不會再這麼做了。」
「絕對？」
「絕對。」
「那我原諒你。」
「呃，雖然我沒什麼資格這麼說，但我覺得晴人還是多學習一下怎麼懷疑別人比較好喔。」
「瀨川哥是個怪人，但不是壞人。雖然我只是個孩子，但還不至於連這點程度的事情都看不出來。」
說完後，晴人「嘿嘿嘿」地笑了。
「原來如此。那晴人就是個坦率的好孩子。因為我是大人，所以這點程度的事情還是看得出來。」
「是這樣嗎？」
「是啊。」

「要是這樣就好了。」

「吶，晴人？」

「什麼事？」

晃動的鞦韆，靜止的蹺蹺板，在花朵之間穿梭的不知名蝴蝶，我凝視著這些東西一段時間後，才總算問出口。

「為什麼你要一直那麼拚命地跑？」

「咦？」

「應該是有什麼理由吧？」

「看得出來嗎？」

「哎，大概看得出來。因為我也做過類似的事情。」

晴人似乎在猶豫該不該告訴我原因。

所以我靜靜等待。公園的時鐘才剛走過五點，我和卓磨是約七點，所以時間還很充裕。

過不久，晴人跳下長椅。

他輕輕用腳尖著地，然後才好好把腳踩在地上，但他的腳一直在發抖。晴人轉向我時，臉上的表情非常奇妙，好像是在困擾，又好像是在哭，但仍逞強地笑著。

「瀨川哥有變得孤單一人過嗎？」

陽光打在晴人身上，用他嬌小的身軀造出嬌小的黑影。他的影子沒有和任何人連在一起，是孤單一人。

我稍微思考了一下後，坦白回答：

「……沒有呢。」

「是嗎？真羨慕你。我有過這樣的經驗喔。大概從一年前開始，原本要好的朋友突然變得不跟我玩了。雖然我知道原因，但那對我來說是無可奈何的事情。即使如此，我還是想和他們一起玩，所以試著模仿他們，但還是失敗了。最後，我變成孤單一人。」

晴人告訴我的事情，在世界各地應該都有發生過。即使如此，對當事人來說，那一定是比世界末日還要嚴重的事情。

雖然我只能擅自揣測晴人的心情，但也正因為如此，我沒辦法隨便安慰他。

每當這種時候，我都會希望世界能更單純一點。

要是能像遊戲裡那樣，用溫柔的咒語治癒他的傷口就好了。

「不過，我獲得了一個機會。如果我想再次加入他們，就要和他們比賽跑一百公尺。只要我贏了老大，他們就會重新接納我。這就是我跑步的理由。」

啊，不過，或許這就是原因。正因為不存在那樣的咒語，這個少年才會拚命地一直跑，朝這個世界伸出他的利爪。

用他那顫抖的雙腿，用他那彷彿輕易就會被折斷的四肢，拚命地抵抗。

「真帥氣。晴人好帥啊。」

我從長椅起身，粗魯地摸著晴人的頭。晴人嘴裡喊著「唔哇，你幹什麼」，但看起來還是很開心，也變得不像剛才那樣皺眉頭了。

不過這並沒有解決任何問題。

雖然只要獲勝就好，但如果輸了——

我不自覺地把手停了下來，晴人困惑地看向這裡，用他嬌小的手抓住我的手。我們的影子也因此連在一起。

「我不想再一個人了。那太可怕了。我寧願死掉。」

此時，晴人突然抬起頭。

明明是我自己主動介入，卻不曉得該對他說些什麼。我大概露出了非常奇怪的表情吧。真正辛苦的晴人反過來體貼應該要鼓勵他的我。

「我剛才是開玩笑的啦。」

晴人用一點都不像是在開玩笑的語氣如此說道。

與晴人道別後，我獨自走在路上。

即使感覺是漫長的一天，太陽卻仍未下山。
世界依然被光芒籠罩。
走到車站附近時，我明明已經快遲到了，卻還繞遠路去約定碰面的居酒屋。
『我不想再一個人了。』
少年的聲音在耳朵裡響起，沒有消失，一次接著一次。
各種感情在我腦中亂成一團，像是不惜傷害自己也要大鬧一場。嘟囔了一聲「孤單一人嗎」後，我才想起一件事。
我當時為什麼會那樣回答？
不對，我真的有好好回答嗎？
『瀨川哥有變得孤單一人過嗎？』
『……沒有呢。』
這不是很奇怪嗎？我以前是一個人。一直都是一個人。然而，我卻從來沒感到孤獨過。
在真正的意義上，我並不是孤單一人。
我的身邊總是有其他人在——這種事情根本就不可能。

等回過神時，我已經走過了居酒屋。

「回去吧。」

我刻意喊出聲音抬起頭，眼前有一隻白貓。看起來還是隻小貓。牠的身體很小，眼睛是藍色的。我和那雙藍色的眼睛對上視線。過不久，白貓就轉身走掉了。連「喵」都沒「喵」一聲。

但不知為何，我覺得牠似乎是在叫我跟著牠走。然後，白貓像是知道我會跟上去般，連一次都沒回頭。

貓對我來說並不是什麼稀奇的東西。

我也並沒有特別喜歡貓。

但唯獨白貓，在我心裡留下了一道甚至不曉得能不能稱作回憶的細小傷痕。

白貓大搖大擺地走進拱廊商店街，所以我急忙追了上去。

魚店的大叔試著呼喚那隻貓，結果被牠華麗地忽視了。不過那位大叔並沒有生氣，反而莫名地感到佩服，像是認為野貓就應該要這樣。

「如果肚子餓了，再來找我吧。」

明明不可能聽得懂，但那隻貓總算「喵」了一聲。

我也好久沒來商店街了。

自從會開車後，感覺就愈跑愈遠了。

我看見了曾經光顧過幾次的書店。

雖然是間小書店，進貨量也不多，但這裡會進其他書店不會進的書，所以我偶爾會來光顧。

然後是我經常站在裡面白看書的二手書店。

店長大叔今天也一樣在看書。

放學回家時有買來吃過的鯛魚燒店的老婆婆，正抓著客人陪她閒聊。

我記得有在那裡買過一次鯛魚燒來吃，而且是買奶油口味。

那天吃的鯛魚燒，甜到讓我至今依然印象深刻。

最後，我跟著白貓抵達一棟沒看過的大樓。白貓叫了一聲，像是在說這裡就是終點。

我停下腳步。

這裡以前是片空地。

我在這裡埋了一隻白貓。

當時十四歲的我是第一次接觸死亡，所以也只能為牠做到這種事。

假設——

雖然不知道這種假設有沒有意義，但如果那隻貓沒死，我又能為牠做什麼呢。我有辦法將那隻白貓從孤獨中拯救出來嗎？

少年的聲音，至今仍在我的耳裡迴響。

我不想再一個人了。那太可怕了。我寧願死掉。

嗯，沒錯。

孤單一人很討厭吧。

雖然我不知道自己是從什麼時候開始變成這樣的人。

但從某個時刻開始，我變成只要看見孤獨的人就會感到心痛。我之所以會向晴人搭話，也是因為從他的側臉感覺到孤獨。

明明完全無關，我的腦中卻突然響起卓磨的聲音。

反正你一定是像個國中生般，在煩惱「自己想做的事情到底是什麼」吧？

我想做的事情。

我做得到的事情。

那到底是什麼呢？

一股難以言喻的感情，讓我想要衝動地大喊。只要稍微鬆懈下來，它就會從體內咬破我的身體。那東西想咬破我的內臟、骨頭和皮膚，跑到外面的世界。

不過，我已經是個大人了，所以明白即使這麼做也沒有意義。

相對地，我抬頭看向天空。

夜晚的星星開始一一探出頭來。

現在還看不見春天星空的全貌。

我在天空中尋找牧夫座的α星大角星。

玻里尼西亞人過去曾以那顆星星為指標移居夏威夷。別名荷庫雷亞的歡愉之星。

晴人和我，也能抵達某個地方嗎？歡愉之星也有在我們的頭頂閃爍嗎？我的眼睛尚未捕捉到那橘色的光芒。

等回過神時，那隻白貓也已經不見了。

我晚了約三十分鐘才抵達居酒屋，桌上已經擺了兩個空的啤酒杯。我低頭向依然面不改色的朋友道歉。

「對不起，我遲到了。」

「沒關係啦。相對地，這兩杯算你請喔。」

說完後，卓磨笑著舉起手，馬上再點了一杯啤酒。我也跟著點了相同的東西。

過了約一分鐘後，冰涼的啤酒杯就送到了，於是我們舉起杯子互相碰撞，按照慣例喊了聲：

「「乾杯！」」

我一口氣喝下半杯啤酒，發出爽快的聲音，用力將啤酒杯放回桌上。啤酒的表面一晃動，泡沫也隨之搖曳，感覺酒精滲進了全身各處。

「你點了什麼下酒菜？」

「嗯～毛豆、高湯蛋捲、炒豆芽菜、芥末章魚還有生魚片拼盤。肉類我想等你到了之後再點，有什麼不吃的東西嗎？」

「除了蒟蒻以外都沒問題。」

「真奇怪。蒟蒻明明就很好吃。」

「我討厭蒟蒻的口感。」

我們像白天時那樣閒聊，講的都是些彷彿只要早上一起床，就會從手中滑落的內容。等離開店裡時，我們可能就會忘記自己講了些什麼，然後下次喝酒時又再重複相同的事情。

喝了約一小時後，酒量很好的卓磨已經開始改喝日本酒。我只陪他喝一杯，日本酒芳醇的香氣刺激著我的鼻子。

我一喝下去，那液體就刮著舌頭流過喉嚨，在落進胃裡的瞬間，讓我的身體從體內開始熱了起來。卓磨開心地問「哦，還能再喝一杯嗎？」，所以我也配合地將空杯子遞向卓磨。他為了把我灌醉，又替我倒了一杯透明的液體。

就在我準備喝第二杯時。

隔壁的座位傳來聲音。

儘管座位之間姑且設有隔間，但因為太薄了，所以依然能清楚聽見隔壁的對話。即使如此，彼此還是都不應該偷聽對方說話，這樣才符合禮節，但如果在對話裡聽見熟悉的名字，當然還是會產生反應——我像這樣在心裡替自己胡謅了個藉口。

卓磨沒有出聲，只用視線向我確認。

我也跟著笑了，然後喝下半杯酒代替回答。

我們就這樣安靜下來，偷聽隔壁的對話。

「哎呀，沒想到居然能像這樣和小松一起來居酒屋，姊姊我有點感動呢。」

「呃，那個，其實我還不能喝酒。」

「咦，是這樣嗎？」

「是的。我今天六月才滿二十歲。對不起，小宮前輩。」

「哎呀，不用在意啦。因為這種事情鬧出問題也很蠢。不過說得也是，我現在已經二十歲了。嗯，既然如此，還是應該約在時髦一點的餐廳吧。」

「不，沒關係啦。我也滿喜歡這種地方的。而且……」

此時，被稱作小松——應該是學妹吧——的女孩子吐了口氣，讓空氣裡瀰漫著一股彷彿有人準備告白的緊張感。

「小宮學姊和龍膽學姊對我來說是恩人，不管跟你們去哪裡都很開心喔？」

「朱音學姊還能理解，為什麼我也算啊？」

「多虧了你們兩位，多虧了小宮學姊在三年前的那一天和我一起向陪我游泳的龍膽學姊低頭道謝，我才能夠繼續游泳，以後也打算一直游下去。」

說到龍膽朱音，她在游泳這塊領域的知名度，已經不限於我們這個世代或這座城市，而是到了全國等級。當上奧運的候補選手後，她開朗的個性和外表，讓她的人氣不斷攀昇，現在不只是新聞，偶爾甚至還能在綜藝節目上看見她的身影。

電視上的朱音，耀眼的程度不輸模特兒、偶像或女演員。但這不代表她已經改變了。

因為我從朱音還是高中生的時候開始，就一直覺得她很耀眼。

她的光芒，已經被許多人發現了。

就只是這樣而已。

不過，光是這樣就讓我感到莫名地開心。

「欸嘿嘿，嘛，就當作是那樣吧。被晉級全國大賽的學妹這麼誇獎，感覺有點難為情呢。啊，不過這句話讓我有種稍微獲得救贖的感覺。因為我們這一屆沒有像朱音學姊或小松這樣的人才，所以被稱作『失敗的一屆』。」

「那些什麼都不知道的人講的話，根本就不需要理會。我和龍膽學姊，都非常感謝小宮學姊喔。這是真的。啊，為什麼要用那種懷疑的眼神看著我？我和龍膽學姊最近經常在練習後一起吃飯，所以聊了很多小宮學姊的事喔。咦，為什麼又換開始哭了？是因為酒嗎？還是別再喝了？這樣啊。那就多喝一點吧。我喝柳橙汁就好。咦，我知道了。既然妳都這麼要求了，那我就喝薑汁汽水陪妳吧。雖然那個有點辣辣的，我喝不太習慣，但我松前會為了小宮學姊努力。啊，不好意思。請再給我一杯啤酒和薑汁汽水，是的，麻煩了。」

過不久，隔壁開始傳來吸鼻子的聲音和令人莞爾的笑聲。

聽起來她們應該是我們高中的學妹。朱音比賽時，我們也會去加油，所以或許有見過她們也不一定。

當然，我們沒打算特地去確認她們的長相。

等注意到時，卓磨已經在替自己倒熱日本酒，所以我也把酒搶過來替自己倒。

最後卓磨的臉終於也變得和我一樣紅。他略微空虛的眼睛裡，倒映出我的臉，讓我覺得這傢伙醉了。我和卓磨都已經完全醉了。

一定是因為這樣。

卓磨才會開始說這種話。

「喂，你高中時真的沒在和朱音交往嗎？」

卓磨又問了一次「到底是怎樣啊」，他的聲音不足以蓋過店內的喧囂。

他將音量控制在只有我聽得見的程度。

「幹麼突然問這個。」

「也不算突然吧。我早就想問你了。這你自己也很清楚吧。」

「呃，就算是這樣，這時候問也太突然了。」

我一這麼笑著回答，卓磨就吐了一口蘊含大量酒精的熱氣。

「真要說的話，契機就是隔壁的對話。她們讓我覺得該趁著喝醉問一下了。」

「趁著喝醉啊。」

「你應該也懂吧。雖然男人聚在一起聊這種事情也沒什麼意思，但還是會在意吧。你們兩個對我來說可是重要的朋友喔？」

「我知道啦。我也把你們當成是重要的朋友。所以我們對朱音抱持的感情，一定也是一樣的。隔壁桌的學妹們，應該也是如此。不如我們喊『一二三』，然後一起說出來怎麼樣？」

唉，看來我醉得比想像中還要嚴重。

居然還脫口說出「重要的朋友」這種光想就害羞的話。

如果是在特定的場合對女孩子說這種話，那還另當別論，但我們是從國中就認識的好友，地點也是一間普通的居酒屋。

店內的喧囂突然變得擁有質感，將我們包住。不論男女老幼的聲音，全都被混在一起，但那並不會讓人覺得髒亂，而是像大理石的紋路般被奇妙地分隔開來。

「呃，不過啊，朱音只有在我們面前表現得像兄弟，在你面前完全就是個女孩子。你應該不可能沒發現吧？」

被他戳到我的痛處了。

其實我當時一點眼光也沒有，完全沒注意到她的心情。直到她一臉嚴肅地把我帶到放學後的空教室後，我才總算察覺。我當時既不成熟又遲鈍，所以直到最後的最後，都只能傷害朱音。

我在腦中回想。

教室的樣子。

朱音臉上的表情。

我們的對話，以及我懷抱的感情。那份感情至今仍未改變。是憧憬，不是戀愛，就只是這樣而已。

「嗯。不過啊，卓磨，我當時好像是喜歡其他人。」

「這我還是第一次聽說。你以前有喜歡的人嗎？」

「好像有。」

「怎麼講得好像是其他人的事情。」

「因為那是朱音的直覺。」

「那是什麼意思？」

「到底是什麼意思呢。」

我的喃喃自語，讓卓磨皺起眉頭，他好像有點生氣，不對，是困惑吧。

卓磨再次把杯子裡的酒喝光，然後又重新倒了一杯，配著生魚片喝。

在這段期間，他依然皺著眉頭。

「搞不懂你在說什麼。」

卓磨嚥下生魚片後，拍著桌子如此說道。那股震動讓杯子裡的酒也跟著晃動。然後，他突然拿出手機開始打電話。電話響了幾聲後就接通了。卓磨用醉鬼的語氣開口：

「喲，好久不見。最近過得好嗎？咦？才兩個星期沒見嗎？這對我來說已經很久了。

嗯，沒錯。唔哈哈哈，我喝醉了。別說得那麼無情啦。我們不是好朋友嗎？啊，對了。小真說想再約妳一起喝酒。沒錯。有空就聯絡她吧。之後我會處理。」

然後，卓磨看向我這裡。

我默默吃掉卓磨留到最後的鮪魚中腹肉。他露出驚訝的表情，但我才想不理他。我一聽見從電話裡傳出來的聲音，就知道他有什麼打算，這已經算是讓步了。

「我正在和那傢伙喝酒。換妳跟他講幾句話吧。」

電話一離開卓磨的耳朵，就傳出「咦，等一下，那傢伙是誰」的聲音，那是我非常熟悉的聲音。

卓磨將紅色的手機遞給我。

他的眼睛裡寫著「不准逃避，你可是吃了我的中腹肉」。

上次見面應該是去年的同學會吧。那已經是超過半年前的事情。雖然我偶爾會在電視上看見她，所以並不覺得特別懷念。我嚥下油脂豐富的中腹肉。

「喂？」

我一接過電話打招呼，對方就回了「咦，是阿春？」。那是女孩子的聲音，是我非常熟悉的朋友龍膽朱音的聲音。她的聲音裡同時蘊含了驚訝和喜悅。

「嗯，好久不見。」

「咦，為什麼？阿春來東京了嗎？」

「怎麼可能。我只是跟卓磨一起回老家而已。畢竟現在是春假。」

「啊~原來如此。真遺憾，我也好想見你。」

朱音的聲音聽起來是真的想見我，讓我感到很開心，但我拚命將「我也想見妳」這句話吞了回去。

因為這句話實在太甜蜜了。

我改用一句「話說回來」，改變話題的方向。

「我最近經常在電視上看見妳。感覺好厲害。」

「我一點都不厲害，只是在拚命努力而已。」

「不，我就是覺得妳這點很厲害。」

「……很久以前，應該說是國中的時候，我喜歡的男孩子曾經對我說過，希望我能夠盡全力前進，所以我才想努力一下。」

「唔，關於這件事。」

「對不起啦，我只是想欺負你一下。」

「我很認真耶，給我道歉。」

「所以我不是說對不起了。」

朱音笑了起來，我也跟著哈哈大笑。

卓磨像是覺得很開心般望著我們。我用視線問他「幹麼」，他搖頭回了句「不，沒什麼」。

在那之後，我們又聊了一些其他的話題。

共通朋友的近況，下次何時回老家，還有約定下次要一起喝酒。

最後，我試著和朱音商量前幾天認識的小學生的事情。

拚命持續奔跑的側臉。

他懷抱的孤獨。

還有我想為他做點什麼這件事。

不過，我真的可以去幫助他嗎？我又能為他做什麼呢？我煩惱了很多，但最後還是踏不出下一步。唉，感覺我好像很丟臉地一直在發牢騷。所以也難怪朱音會這麼回答。

朱音聽完我說的話後，笑著說「你是笨蛋嗎」。

「我無話可說。」

「對吧。為什麼是你在猶豫不決啊？真正困擾的人是那孩子吧？振作一點，這是你的責任吧。」

「說責任也太誇張了。」

「一點都不誇張。既然已經踏出過一步，那就是你的責任了。放心吧。我很清楚。你是個能夠好好幫助別人的人。實際上，我自己就曾經接受過你的幫助。從你那裡獲得了前進的力量。你對我的聲援，從以前到現在都一直是我的原動力。」

「朱音。」

「怎樣啦。」

「妳有喝酒嗎？」

因為實在太難為情，我試著用玩笑話蒙混過去。感覺臉好燙。卓磨體貼地說要去廁所，我很感謝他在這時候讓我獨處。這股熱度並不是來自於酒精，我是沉醉在另一個更加重要的東西當中。

正因為如此，我才不想讓別人看見我這麼沒出息的表情。

「我才～沒～喝酒。真是的。難得阿春認真找我商量事情，我才這麼嚴肅地回答你。真是太失禮了。」

朱音說這些話時，聽起來並不是真的在生氣。看來她也知道我是在掩飾害羞。即使知道，她也不會像我這樣用玩笑話回應。沒錯，龍膽朱音就是這麼出色的女孩。

所以我才會崇拜她。

這跟喜歡或討厭無關。

雖然這或許並非朱音期望的形式，但比起和她並肩同行，我更想遠遠地在後面眺望她。

「謝謝妳。」

「呵呵。不用這麼客氣啦。」

「那我就試試看吧。」

「嗯。阿春這樣就行了。如果想支持他，就去做吧。對他說加油，在背後推他一把，人只要這樣就能輕易地向前走。啊，對了。我也來鼓勵膽小的阿春一下好了。」

於是朱音開口說道：

「我也會加油。不對，我現在也正在加油。」

我腦中浮現出以前的朱音。

國中時的朱音，穿著學生泳裝，外表也比現在稚嫩許多。

陽光底下的她非常耀眼。

從她身上灑落的水滴，化為一個個光點。

她伸出拳頭。

臉上帶著有點害羞，但如同太陽般耀眼的笑容。

——阿春也加油吧。

所以，我如此回答：

「啊，原來如此。」

雖然朱音常說我的聲援給了她力量，但實際上應該不是這樣。我現在才發現，我也同樣獲得了力量。

「怎麼了？」

「不，只是覺得確實有辦法努力了。」

「對吧？」

我腦中的龍膽朱音露出了有點臉紅，但非常得意的表情。即使那個身影比現在的她還要年幼，仍散發出相同的光輝。

我真的很慶幸自己能認識朱音，並和她成為朋友。

不過即使喝醉酒，我果然還是無法說出這句話。

隔天。

晴人果然也在公園。

而且果然還是在跑步。

和平常不同的是，在我呼喚他之前，他就先發現我了。他拚命動著嬌小的身軀，直率地跑來找我，絲毫沒有掩飾自己的喜悅。

「瀨川哥，你好。你今天來得真早。」

「你好，晴人。你知道我今天會來啊。」

「與其說是知道，不如說是希望你會來。」

他瞇起眼睛，放鬆眉毛的力道，表情也瞬間變得柔和。這個坦率的表情，大概才是這個年紀的孩子，也是晴人原本的面貌。晴人來到我的身邊後，才總算注意到不對勁，困惑地問道：

「為什麼你今天是穿運動服？」

「嗯？我想陪晴人一起練習。不對，應該說我想和晴人一起努力。其實我國中時是田徑社的，應該可以教你一些訣竅。」

「真的嗎？」

「嗯，所以一起努力獲勝吧。」

「……真的可以嗎？」

這次我對著那個表情堅定地點頭。

「當然可以。」

「那就拜託你了。」

我們互碰了一下拳頭。儘管大小和形狀都不同，但這是我們約定的形式。

話雖如此，現實和漫畫還是有差，不可能短短幾天就讓跑步速度一口氣變快。晴人似乎也明白這點，所以才一直在練習起跑。

「我跟你說，大樹，呃，就是那個要跟我賽跑的朋友，跑步的最高紀錄和我差不多，但我總是會在起跑時被他拉開差距，然後就追不回來了。所以希望你能教我怎麼起跑。」

再加上這個原因，我們決定要將練習的重點放在起跑上。

起跑後，上半身最好不要立刻抬起來，要繼續盯著地面前進，另外還要大幅度地擺動手臂，以確保自己的步伐夠大，我親自示範這些訣竅給晴人看。晴人不習慣用低姿勢起跑，所以衝出去時跌倒了好幾次。他的臉頰因此擦傷流血，痛得他皺起眉頭。

不過每次我急忙衝過去，晴人都會靠自己的力量站起來，笑著對我說「沒問題」。然後再次將手放在地上，稍微瞪向前方，所以我也停下腳步——

「預備～」

拍手暗示他起跑。

晴人慢了一拍才衝出去。即使起跑的姿勢愈來愈相樣，他的反應還是很慢。

「還是慢了。」

「嗯。感覺我好像在意太多事。瀨川哥起跑時都在想什麼啊？」

「我嗎？這個嘛。」

我試著回想遙遠的往事，久違地將手指抵在地上。

隨著年紀增長，我已經長高，與地面的距離也變遠了。我不會再像晴人那樣拚命奔跑，也不會像他那樣跌倒，所以也不再像這樣用手觸摸地面了。但只要稍微用力，指尖就會像那一天一樣發紅。

我稍微瞪向前方。

我眼前的景色突然從公園變成了國中的操場，季節也從春天變成夏天。面對曬過的土味，刺眼的藍天，以及厚厚的雲層，我當時到底在想什麼？

又看見了什麼？

是和朋友一模一樣的影子，還是其他東西呢？

我只記得在自己當時瞪視的未來當中，沒有其他人存在，不過……

「——川哥。瀨川哥，你怎麼了？沒事吧？我說了什麼奇怪的話嗎？」

「咦？啊，我沒事。對不起。」

我在道歉的同時起身，搓掉指尖沾到的泥土。

季節再次變回春天。

「我當時到底在想什麼呢？該不會什麼都沒想吧。」

「什麼都不要想比較好嗎？」

「沒錯。」

我順勢回答完後搖了搖頭。因為我覺得不太對勁。至少我不是這樣。感覺在終點前方，在目的地那裡有什麼東西在，會讓我比較有幹勁。不僅內心會想變得更快，步伐也會更加強而有力。為了鼓起幹勁，我用力拍了一下自己的臉，讓腦袋清醒一點。晴人一臉驚訝地抬頭看我，所以我笑著回應：

「好，剛才的話當我沒說。晴人喜歡吃什麼？現在有什麼想吃的東西嗎？」

「為什麼突然問這個？我喜歡吃的東西有很多，現在最想吃的是冰淇淋。」

「那如果你能完美地起跑，我就買冰淇淋給你。」

「真的嗎？」

「我才不會說謊。」

「太好啦。我們約好嘍。那馬上來練習吧。快一點，快一點啦。」

晴人很現實地立刻變得有精神，用比之前還要認真的眼神看向前方。光是從他的側臉，就能看出他的集中力和之前完全不同。嗯，沒問題。這次一定能跑得很好。

「預備～」

晴人的身體開始用力——

「開始。」

在聲音響起的同時釋放出來。

春天的空氣中，晴人嬌小的身體輕快地往前跑。

我按照約定請他吃冰。我們一起去了我國中社團活動結束後常去的便利商店。有些事物變了，有些事物沒變。這種像是回到故鄉的感覺讓我鬆了口氣，走向冰品區。

「選你喜歡的吧。」

「嗯～」

晴人陷入猶豫。

他抱著雙手，持續呻吟了五分鐘。

但我一看就知道，他從剛才開始就一直在偷瞄一個比其他款貴大約一百圓的杯裝冰淇淋。他應該是在客氣吧。明明不需要在意金額。

所以我試著問道。

「晴人比較喜歡草莓、抹茶、香草還是蘭姆葡萄乾口味？」

「呃，草莓吧。」

「了解。」

我直接拿了兩個要價三百圓的杯裝冰淇淋。分別是草莓口味和我自己要吃的蘭姆葡萄乾口味。

「雖然我說你可以挑喜歡的，但今天可以陪我吃這個嗎？」

「咦？可是沒關係嗎？那個很貴耶？」

「是我在拜託你喔。因為我想和晴人吃一樣的冰淇淋。可以嗎？」

「那當然。」

我們結完帳後，在停車場坐下，一起打開冰淇淋的蓋子。晴人用塑膠湯匙小口小口地挖著冰淇淋吃，笑著吃得津津有味。

我見狀，也跟著開始吃冰淇淋。

晴人默默地吃著冰淇淋，在吃到剩大約兩口後，才稍微休息一下。我手裡的冰淇淋杯則是已經空了。

「那個，瀨川哥，坦白講，我並不在乎吃什麼樣的冰淇淋。只要有人陪我一起吃就好了。我家沒有爸爸，所以媽媽總是很忙不在家，我通常都是一個人吃飯。之前就算是這樣，我也能夠努力。因為只要去學校就能見到朋友，和大家一起吃營養午餐。放學後也能一起玩到太陽下山。當時真的很開心，感覺不到任何悲傷。所以現在真的好難受，好寂寞。不過這幾天真的很開心。因為瀨川哥願意陪我，和我一起吃冰。所以真的很謝謝你。」

說完後，或許是為了掩飾害羞，晴人慢慢吃掉剩下的兩口冰淇淋。

雖然晴人像是在對這段甜蜜的時間感到不捨般，故意只用含的，但這樣的時光終究還是會結束。

「吃完了。」

晴人說這句話時，看起來果然有點寂寞——

就在我為了拭去他的寂寞，打算向他搭話時，一道影子遮住了我們。有什麼東西阻擋在太陽與我們之間。我一抬頭，就發現前面站了三個年紀和晴人差不多的男孩子。晴人喊出那個陌生男孩的名字。

「啊，大樹。」

正中央那個大約比晴人高五公分的高大男孩，似乎就是大樹。雖然他將帽子戴得很深，看不太清楚表情，但他似乎覺得有點尷尬。站在他後面的那兩個人，也是差不多的表情——看起來就像是考試考差了，在煩惱該怎麼把考卷藏起來。

「你這傢伙在這裡幹什麼？」

「練習。我絕對要贏過你。」

「放棄吧，這是不可能的事情。」

「我才不放棄，因為我想繼續和你們一起玩。」

不知為何，這句話讓大樹露出有些受傷的表情。就我從晴人那裡聽來的資訊，他應該是單方面被其他人欺負才對，但看來事情另有蹊蹺。

那麼，該怎麼辦呢。

我稍微猶豫了一下自己該採取什麼立場，就在我準備起身時，晴人握住我的衣襬，讓我又重新坐回他旁邊。從被他用力握住的衣襬那裡，能感覺到他正在微微發抖。

此時，大樹好像終於注意到我的存在。

他毫不客氣地瞪向我。

「你是誰啊？」

「算是晴人的教練吧。吶，你們不能繼續像以前那樣和晴人一起玩嗎？」

「怎麼可能啊。這傢伙和我們不一樣。」

「在我看來，感覺沒什麼不一樣啊。」

「什麼都不知道的局外人給我閉嘴。」

和同年級的晴人不同，叫大樹的男孩毫不客氣地直接頂撞比他年長的我，而阻止他的不是別人，正是晴人。

「大樹。」

「怎……怎樣啦？」

「向瀨川哥道歉。你這樣講話太失禮了。」

被晴人一瞪，大樹就變得說不出話來。果然有點奇怪，但我不曉得問題出在哪裡。因為一直被瞪的大樹不悅地喊了聲「可惡」後，就帶著同伴離開了便利商店。

他沒有道歉，反而是在最後又用力瞪了我一眼。

三個人影逐漸消失在人潮當中。

等徹底看不見他們的身影後，晴人才低下他可愛的頭，向我道歉。

「對不起，瀨川哥。」

「為什麼晴人要道歉？你又沒做什麼壞事。」

為了鼓勵一下就變得沮喪的晴人，我輕輕摸著他的頭，這似乎讓他覺得很癢。

「話說回來，那個叫大樹的傢伙應該不受女孩子歡迎吧。跟我們家的晴人差多了。」

「什麼叫我們家的晴人啊。而且女孩子也討厭我喔。畢竟我是這個樣子，又只會和大樹他們一起玩。這樣很怪嗎？」

「我不覺得有哪裡奇怪。晴人覺得和大樹他們一起玩很開心吧？這樣就行了吧？」

「嗯。我也這麼覺得。但女孩子和老師都說這樣很怪。啊～你不要露出那種表情啦。只要贏了比賽，就能再跟他們一起玩了。放心吧。比起這個，瀨川哥很受女孩子歡迎嗎？」

「這個嘛，我算沒什麼女人緣吧。」

實際上從以前到現在，也只有一個女孩子喜歡過我。不對，應該有兩個吧。

一個是向我告白的同班同學，另一個是什麼都沒說，也沒表明身分，直接將巧克力放在我家信箱裡的某人。這兩段充滿春天氣息的回憶，就是我的一切。

「哦，這樣啊。」

「喂，你幹麼表現得這麼高興。」

「才沒有。」

晴人笑了一會兒後，重新鼓起幹勁站了起來，開始舒展身體。夕陽將他嬌小的身體照得閃閃發光。

「吶，瀨川哥。如果我跑贏了，希望你能再給我獎勵。這樣我應該就能像今天一樣，做出完美的起跑。」

「好啊。只要是在我的能力範圍內。」

「真的嗎？我們約好嘍。違約的人是騙子喔。」

「不用擔心，我不是說過我會遵守約定嗎？」

我們就這樣開始打勾勾。

先是勾住彼此的小指，然後像小孩子一樣喊道。

打勾勾，打勾勾。如果違反約定……
相連的小指指尖，感覺似乎在發燙。

決戰當天是個非常暖和的日子。
在開始看得見很久以前畢業的小學時，我的手機響了。我從口袋裡掏出手機，上面顯示著好友的名字。
我仰望不知何時已經盛開的櫻花，停下腳步。
「喂，現在方便嗎？」
「一下子沒關係，但接下來有一場大比賽在等我。」
對方似乎一聽就明白了。卓磨嘟囔著「啊，是之前提到的小學生吧」。
「那我可不能打擾你太久。我簡單把事情交代一下。我今天就要回東京了。我要好好跟小真談談。」
「決定了嗎？」
一群小學生從前面跑了過來，和我擦身而過。他們的聲音聽起來很開心，要是晴人也能重新加入他們就好了。
「這樣講也不太對。嗯。總之我已經決定好前進的方向，只差下定決心而已。我會好好和她談，讓她能夠理解。」

「理解什麼？理解你不會後悔嗎？」

「不，我沒辦法保證自己不會後悔吧。不管怎麼做，怎麼選擇，未來的事情誰也無法確定。」

「我說啊，你真的有在認真聽我說話嗎？堀田小姐是因為不希望你後悔……」

「所以我才想讓她理解。雖然或許會後悔，但我還是希望她能跟我在一起。因為我覺得只要和她在一起，就能夠努力得下去。」

「……怎麼聽起來好像是在求婚一樣。」

「太快了嗎？」

「你真的這麼打算啊？」

「比起求婚，更像是求婚的練習吧。」

「我覺得這樣很好。」

唉，像今天這麼舒服的春天，稍微祝福他一下也沒關係吧。

這種日子正好適合前進。

「啊，但如果失敗了，你要陪我喝酒喔。我也約了朱音。」

「那當然。你會請客吧？」

「這是兩回事。」

「嘖，真小氣。」

我們一起大笑。

卓磨大概有點不安吧。不然他不會特地通知我要回東京。而看來我也順利在他背後推了一把。

我們簡短地聊完後，就掛斷了電話，變成黑色的螢幕就是答案。我緊緊握住手機，重新踏出腳步。

和卓磨一樣，雖然不曉得會抵達哪裡，但還是先前進再說。

我姑且先前往小學的操場。

為了鼓勵那個拚命練習跑步的少年。

我確實地踏出腳步。

我偷偷從後門溜進了小學。

雖然體育館和一些遊樂器材的外觀變了，但剩下的東西還是令人覺得懷念。

過去覺得那麼高的單槓，現在不用把背伸直也摸得到。黑色的鐵棒摸起來有點燙，讓我立刻將手指縮了回來。

晴人一看見我，就鬆了口氣。

反倒是大樹他們還是一樣瞪著我。

「為什麼連你也來了？」

「是我拜託他來的。」

「但他是局外人吧。」

晴人一靠近我，就像平常那樣握住我的衣襬。大樹見狀，瞪我的眼神就變得更加銳利，開始對我惡言相向：

「我討厭你。」

所以我也笑著回應。

「真巧。我也不怎麼喜歡你，但晴人似乎想跟你們一起玩，所以拜託你們要遵守約定。」

我低下頭，對他們如此說道。

看在大樹他們眼裡，我應該算是個大人，所以我的行為似乎讓他們感到有點驚訝。

「哼……哼，前提是要贏。」

看來我順利獲得了他的承諾。

光是這樣，我今天來到這裡就算有意義了。

我輕輕推了一下正擔心地看著我的晴人，他的身體真的好輕。晴人搖搖晃晃地前進了幾步，那道從我這裡獲得激勵的背影，沒有回頭就直接前往起跑位置。

我和大樹的兩個手下，在終點等他們。兩人的身體原本就很矮，從這裡看過去又變得更小。我在心裡替晴人加油。

兩人就起跑位置，擺出起跑的姿勢。

「預備～」

站在我旁邊的少年喊道。

即使隔了一段距離，他們的緊張感還是傳達到了這裡。

「開始。」

兩人同時開始衝刺，晴人的起跑非常完美。和練習時一樣，他沒有立刻抬起上半身，稍微忍耐到加速完後，才挺起胸膛看向前方。

不過，晴人的表情還是崩潰了，因為他看見大樹在他的前面。明明幾乎是同時起跑，大樹的加速卻比較快。

那些微的差距，剛好是晴人拚命伸長手才能勾到的五十公分。

但晴人還沒放棄。即使快哭出來，即使非常難受，他還是咬緊牙關繼續奔跑。他用力揮動手臂，將腳往前伸，努力想要追上大樹。即使如此，距離還是沒有縮短，這讓晴人的臉上逐漸蒙上絕望。

絕望確實擁有重量。

讓人覺得又重又難受，想要把頭低下來。

晴人的視線逐漸下降。

不行。

不可以這樣。

要向前看才能跑。

要向前看才能抵達。

我非常明白這點。

難道就沒有辦法了嗎？

經歷過以前那個夏天的我，現在究竟能為晴人做什麼？

此時，吹起了一陣寒冷的冬風。

那陣風像是在推著我前進般，讓我往前踏出一步。

朱音說過，只要說出口，只要喊一聲加油就行了。

我又往前踏出一步。

等回過神時，我已經站在終點對面。

然後，我自然地吸了一口氣。吸進肺裡的空氣，讓胸口漲到有點痛。我將心意灌注在裡面，朝獨自努力的小男孩大喊。

因為我想告訴他「你已經不是一個人了」。

「晴人～～把頭抬起來啊啊啊啊啊！」

晴人注意到我的聲音，按照我的吩咐把頭抬起來。原本一直被風壓著的瀏海開始往上飄。抬起頭後，就再也沒什麼能遮住他的視線。春天的天空，以及我的身影，倒映在他大大的眼睛裡。

然後，他露出驚訝的表情——

「看前面啊啊啊啊啊！」

笑了。

沒錯，就是這樣。

他的笑容讓我察覺。

「我在這裡！」

在那個夏天，我一定……

也曾經露出過這種表情，帶著笑容奔向未來。因為即使非常空虛，我卻從來沒為那個瞬間感到後悔過。所以，或許我早就用那隻手抓住過什麼東西了。

我當初的努力，或許已經獲得回報了。

喉嚨好痛。

上次像這樣大喊，已經不曉得是多久以前的事情了。

叫太大聲會讓聲音變得很奇怪，感覺很丟臉。

但我還是繼續大喊。

張開雙手。

「衝過來啊啊啊！」

晴人開始加速，大樹連忙想要跟著加速，但還是晴人比較快。因為，晴人已經沒在看大樹了。

而是看向更前面的地方。

他往前踏出一步，而第二步又變得更快。

最後，他將力量集中在腳上，按照我的吩咐撲了過來。

「哦哇。」

過於強大的衝擊，讓我整個人往後倒。即使如此，我還是用力將晴人抱在懷裡，小心不讓他受傷。我頓時聞到一股微弱但清晰的春天香氣。

然後我倒在地上，映入眼簾的是比那一天還要耀眼的春日天空。

「好痛。」

撞擊地面的背部傳來陣陣刺痛。晴人坐在我的肚子上，緊貼著我的胸口，用雙手抱住我的脖子。他一睜開眼睛，就發現我們之間的距離近到快碰到彼此的鼻子。

「唔哇哇哇，對不起。」

晴人滿臉通紅地快速往後退。

「沒關係啦。不用在意。比起這個。」

「咦？」

「恭喜你。」

晴人紅著臉，困惑地搖頭。我告訴腦袋裡亂成一團的晴人：

「是你贏了。」

這裡是我們抵達的地方。

已經沒有人是孤單一人了。

Epilogue

Life goes on

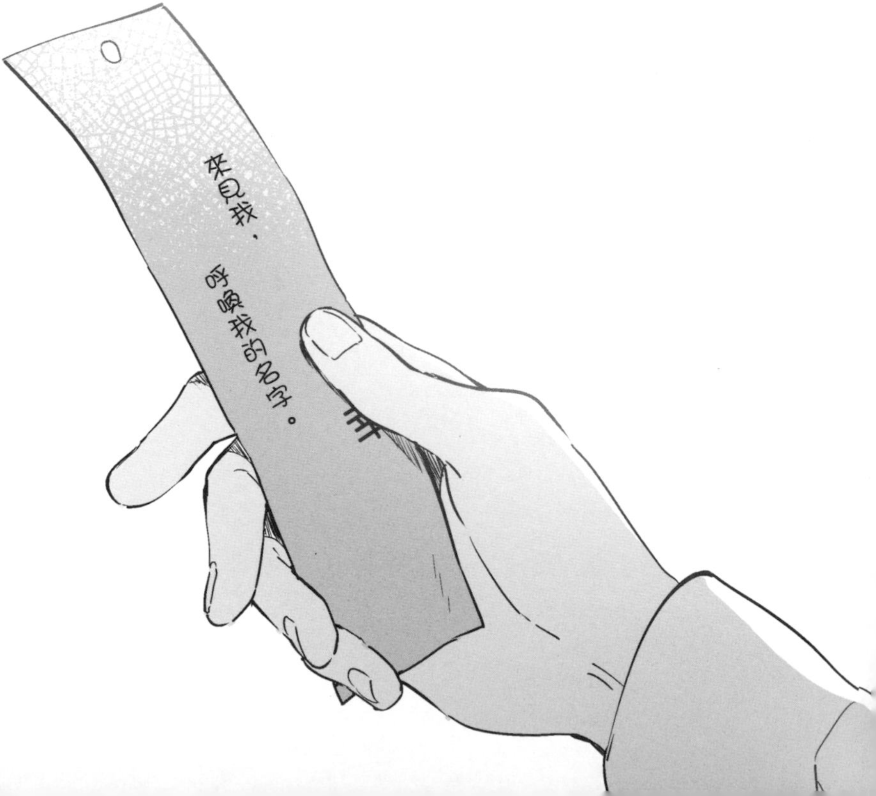

即使重複著相遇與離別，我們還是會朝明日前進（繼續活下去）。
祈禱著未來會在某個地方。
再次遇見那個陌生但令人懷念的笑容。

❀

我們跟平常一樣約在公園會合。
比賽已經在昨天結束，和晴人約定的時間還沒到，我就提早抵達會合地點。
今天也是大晴天。
眼前是藍天與白雲。
春天的陽光，溫柔地包覆整個世界。
在樹枝上微笑的白花中心，又變得比昨天更紅了一點。我好像在某本書上看過，櫻花變成粉紅色後，就表示要開始凋謝了。我伸手用指尖碰了一下櫻花後，那朵櫻花就像是覺得不好意思般，開始散發出香味。

「啊，瀨川哥，你來得真早。對不起，讓你久等了。」

「啊，不用在意啦。咦？」

我將臉轉向那道熟悉的聲音，然後發現眼前站了一個陌生的女孩子。

對方身上穿的不是運動服，並用髮夾好好固定住長長的瀏海，更令人驚訝的是，底下穿的居然是裙子。我對那個聲音有印象，仔細一看，臉也和我認識的人長得很像。即使如此，我還是應該要問對方到底叫什麼名字吧。

然而，我一開口就說出了這樣的話。

「妳把瀏海往上梳啦。」

「嗯。因為我覺得現在就算不遮住前面，也能好好抬起頭往前走了，所以我才打扮成這樣來會面。吶，瀨川哥，這就是真正的『我』，不對，應該是『我』才對（註：晴人原本的自稱都是男生用的「我（BOKU）」，到這裡才改成女生用的「我（WATASHI）」）。」

晴人有點害怕地詢問我的感想，同時有點害羞地笑了。

許多線索瞬間在我腦中連在一起。

晴人之前曾經說過。

『大概從一年前開始，原本要好的朋友突然變得不跟我玩了。雖然我知道原因，但那對我來說是無可奈何的事情。即使如此，我還是想和他們一起玩，所以試著模仿他們，但還是失敗了。』

只要看見我和晴人在一起，大樹就會變得不高興。

『這傢伙和我們不一樣。』

『什麼都不知道的局外人給我閉嘴。』

我忍不住笑了。

原來是這麼一回事啊。

「咦，怎麼了？很……很奇怪嗎？」

「不，對不起。妳誤會了，不是那樣。」

我和晴人都完全沒搞清楚狀況。然後，現在只剩下晴人不明白。沒錯，我的確是什麼都不知道的局外人。我那些過分的行為，也確實活該被大樹瞪。大樹一定是把晴人當成一個女孩子喜歡，所以才沒辦法繼續和她當朋友。

「對了，妳可以幫我跟大樹也說一聲對不起嗎？」

「為……為什麼？」

「只要妳告訴他，他就會明白。」

「是這樣嗎？」

晴人露出困惑的表情。

柔順的髮絲掠過她白皙的臉頰。
「啊，那麼，我們快點完成今天的目的吧。晴人要拜託我做什麼？」
晴人贏了比賽。
所以，輪到我遵守約定了。
「啊，關於這件事。那個……」
「嗯？」
「呃，那麼，對了。我的願望就寫在這上面。」
晴人忸忸怩怩地將一張粉紅色的紙片遞給我。我收下紙片並稍微看了一下。雖然乍看之下是書籤，但翻過來後就會發現上面有寫字。
「來見我，呼喚我的名字」。
圓圓的可愛字跡，一看就知道是女孩子寫的。
這個粉紅色的「願望」，隱約散發出與其顏色相似的櫻花香味。所以這應該不是書籤吧。這是為了讓織女和牛郎能持續相會，用來橫渡銀河的鵲橋。
「請和我當朋友。瀨川哥再過不久就要回大學了吧。所以，希望你偶爾，或是回到這裡的時候，可以再來見我。請你呼喚我的名字，跟我一起玩。」

面對那像是在說「不行嗎？」，宛如被丟棄的小狗般的眼神，我的回答當然是：

「唉，我打擊好大啊。」

「咦……咦？」

「我還以為我和晴人已經是朋友了，沒想到晴人並不這麼想。」

「咦，呃，不是啦。」

晴人看向我的臉，發現我其實在笑後，才總算察覺我是在戲弄她。

「討厭，瀨川哥真愛欺負人。」

我向氣得鼓起臉頰的晴人道歉。

「對不起啦。那麼，今天要玩什麼呢？還是妳有什麼想去的地方？」

「有有有。我想去賞花。和大樹，不對，和阿大他們一起。這樣可以嗎？」

「好啊。那麼，我們走吧。」

晴人跑了起來。她的腳每次碰到地面，都會讓散落的櫻花稍微浮起來，將她輕快的腳步染成粉紅色。就在我打算叫住她時，我發現一件事。我手上還拿著她那個被染成粉紅色的願望，不過寫在那張紙旁邊的名字只有一個字，而且並不是「晴人」。這表示——

「晴人，妳叫什麼名字——」

晴人張開雙手轉身。她拚命把手伸長，像是要用那雙嬌小的手把世界上的一切都抱進懷裡。啊，沒錯。只要拚命抵達某個地方，就一定會有新的相遇。然後，我們每一次都會抓住新的東西。

「嗯。HARUTO其實是我的姓，寫作晴戶（註：發音同「晴人」）我真正的名字是——」

她講出的名字，長度跟我想的一樣。

此外，晴戶寫在空中的那個字，是連小學生都知道的簡單國字。

「幸。」

正因為簡單，所以才難發現，但意外地就近在身邊。

我們拚命伸出手，在抵達之處捕捉到的事物——

「……真是個好名字。」

「對吧？」

「所以妳才會擦櫻花香水啊。」

昨天抱住她時，我從她身上聞到了甜甜的春天香味。此外，我今天也從晴戶身上聞到了櫻花的味道。

「誰叫瀨川哥喜歡聞別人的味道。」

「我不會再那麼做了啦。」

既然知道晴戶是女孩子，就更加不能這麼做了，但她似乎不太相信我。

「誰知道會是怎樣。而且你剛才那樣講也有點怪，櫻花的香味和我的名字應該沒什麼關係吧。」

「不，倒也不能這麼說。因為……」

——對我來說，這個花香……

我將差點說出口的話吞了回去。嗯，還是保密好了。因為這是被世界隱藏起來，只有我知道的祕密。我的沉默，似乎讓她感到有些困惑。

「因為什麼？」

「沒什麼。」

「這樣啊。」

風將櫻花吹散。

花瓣漫天飛舞。

「吶，瀨川哥，謝謝你找到我。」

那句話連同花瓣，一起被風吹到我這裡，掉入我這個人的深淵，落在最深處後溶解，就這樣成為我的一部分。

我知道自己從好幾年前，就在尋找這句話。

所以我現在開始會這麼想，或許當學校的老師也不錯。如果能陪伴在和晴戶一樣孤單的孩子身邊，應該會是一件非常美好的事情。因為我不希望讓孤單的人就這樣繼續孤單下去。

我開始在腦中計算所需的學分。

「喂～瀨川哥，快一點～」

在那個害羞聲音的催促之下，我踏出腳步。

「我馬上來。」

然後，呼喚她的名字。

幾經波折後，現在我的右手裡有兩個被染成櫻花色的「願望」。

我想起在過去的某個春天，原本被我握在手裡的櫻花花瓣後來乘著風，飛往某個即使我伸手也無法觸及的地方。

但這次不同。為了避免被風吹走，我緊緊握住不讓它離開。

所以，這次不會消失。

以後也會一直留在我的心裡（這裡）。

某人一直藏在心裡的「願望」，在傳到我手中後，變成通往未知明日的「希望」。旁邊還伴隨著「幸福」的聲音。所以——

「來見我。」

某人如此祈禱。

嗯，我一定會去見妳。

「呼喚我的名字。」

某人如此喊道。

然後呼喚妳的名字。

季節是春天。

正是飄散著離別與相遇的時候。

我們接下來還會累積許多相遇，總有一天會抵達某人身邊。

到時候，我應該會笑著對那個陌生人（重要的人）說。

——Hello（初次見面）。

不對，因為會說好幾次，所以應該是這樣。

「Hello,Hello and Hello.」（我喜歡妳）

每一次的初次見面，都包含了許許多多，真的是許許多多的感情，只要不斷累積——

我的世界，將再次充滿「YUKI」的味道。

我覺得自己正確實地朝那樣的未來邁進。

完

「吶——」

❀
❄

後記

在二月十三日的那個晚上，兩人心裡懷抱著相同的願望。然後，只從春由的手裡滑落的那樣事物。「來見我。呼喚我的名字。」的內心碎片，又重新回到他的身邊。

大家好，或是初次見面。

本書是為了替葉月的出道作《Hello,Hello and Hello》的本篇故事增添更多樂趣所匯集而成的番外篇。雖然各位讀者應該也很驚訝，但我也沒想到這部作品能出第二集。這是因為第一次和編輯見面時，對方就問過我能不能替這部作品寫續集，我當時的回答是「這個故事到這裡就結束了」。即使如此，還是有很多要素沒辦法寫在本篇故事裡面，所以編輯就問我要不要在《電擊文庫MAGAZINE》上寫幾則短篇故事……

我當初單純只是很高興能在隔了一年後，再次與這些角色相遇，等回過神時，就已經把當初刊載在《電擊文庫MAGAZINE》上的三則短篇故事改寫好，並完成了全新創作的兩篇故事，這就是本書的由來。

由希與家人的回憶；春由的學校生活；在本篇故事裡也有稍微提過的連出星座、去冬天的海邊、歡愉之星；還有另一位女主角朱音的戀愛故事。

再來就是大家的「過去」與「未來」。

坦白講，我很擔心這會不會變成畫蛇添足，但我現在可以挺起胸膛說。

這對他和她來說都是必要的一本書。

本篇是「相遇」與「離別」的故事。

番外篇是「願望」與「希望」的故事。

希望大家都能看得開心。

除此之外，《Hello,Hello and Hello》決定要漫畫化了。身為一名讀者，我也非常期待テルヤ老師用漫畫的方式畫出兩人的故事。

那麼，接下來是道謝的時間。

這次也一樣提供了出色的插畫替作品增色不少的ぶーた老師。想多看一點ぶーた老師畫的男女主角，是我寫這本書的原動力。再來是願意接受我任性要求的舩津編輯，以及包含鎌部設計師在內，曾經協助過我的所有人。

當然，也要對拿起本書的各位讀者致上最深的謝意。希望在下一個故事也能再次見到各位，我目前正在努力進行當中。

那麼，在最後我想提出一個與其說是內幕，不如說是我個人的解釋。

或者也可以說是我對這個故事和讀者懷抱的「願望」和「希望」。

《Hello,Hello and Hello》，是一個隨處可見的少年拯救了一個少女內心的故事。與此同時，也是一位少女重新發現世界有多美麗的故事。

所以關於她置身的處境，他完全無能為力。她本人也將其視為無可奈何的事情接受了。即使如此，我還是想相信只要有人閱讀這個以相遇為主題的故事，對她來說就是另一個救贖。

例如在〈Contact.214+1〉當中，她從頭到尾都沒出現過。

因為那是春天的故事。冬天已經結束，雪也全部融化到消失無蹤，故事裡的登場人物全都不知道那些積雪的事情。

不過，看過這個故事的讀者們，應該都有在已經成長的青年懷裡，發現一個女孩子的笑容、吶喊和身影吧？

如果是這樣的話——

即使是不存在於這個世界的任何地方的戀情，即使是一直孤單一人的少女。

在他為各位送上的故事對面，與她同樣脫離世間常理，但仍和這個世界產生連繫的「不知為何認識她的神祕某人」，確實是與她相遇了，所以她應該已經不算是孤單一人了吧。

畢竟這樣就能認為不論是她的努力、悲傷、絕望、喜悅或緊握在手裡的願望。

那個人都會毫無遺漏地記在心裡。

所以在仰望夏季星空，替秋天的文化祭做準備，眺望冬天大海的瞬間，以及在春天的陽光中奔跑時。

請您呼喚那個只有您知道的名字，然後在看見那個幸福地笑著的女孩後，抱住她嬌小的肩膀，稱讚她的努力。

然後，對她說一聲「初次見面」。啊，不過這個任務，或許是屬於那個雖然不認識她，但確實與她共度了相同時光的青年也不一定。

不曉得會是什麼時候，以什麼樣的形式，甚至連會不會發生都不知道。

那對這個故事來說，是尚未確定的未來的故事（從今以後）。

不過在故事的「結局」對面，如果有人已經在接下來還會持續下去的人生的未來當中，觀測到春與雪並列的奇蹟，並在那裡聽見某人（重要的人）呼喚某人（您）的聲音——

那一定就是兩人步上的道路，又再次通往了「全世界最幸福的戀愛故事」的證明。除此之外，還有另一個能夠通往奇蹟的根據。那就是只要春「由」的手中握有「希」望，那麼「由希」永遠都會存在於他的心中。所以再來只要許願就好。希望春由、由希、我和您，都能確實抵達充滿光輝的明天。

包含著這樣的祈願，我想用他在故事的最後懷抱在心裡的那句話作結。

這裡是我們抵達的地方。

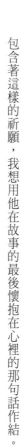

已經沒有人是孤單一人了。

二〇一八年六月。隔著厚厚的雲層，想像對面的星空。葉月 文

國家圖書館出版品預行編目資料

Hello, hello and hello : piece of mind / 葉月文作 ; 李文軒譯. -- 初版. -- 臺北市 : 臺灣角川, 2019.11
面 ; 公分
譯自 : Hello, hello and hello : piece of mind
ISBN 978-957-743-339-8(平裝)

861.57 108015395

Kadokawa
Fantastic
Novels

Hello,Hello and Hello
~piece of mind~

（原著名：Hello,Hello and Hello ~piece of mind~）

2019年11月6日 初版第1刷發行
2023年6月19日 初版第3刷發行

作　　者：葉月 文
插　　畫：ぶーた
日版設計：鎌部善彦
譯　　者：李文軒

發 行 人：岩崎剛人
總 編 輯：蔡佩芬
副 主 編：林秀儒
美術設計：莊捷寧
印　　務：李明修（主任）、張加恩（主任）、張凱棋

發 行 所：台灣角川股份有限公司
地　　址：104台北市中山區松江路223號3樓
電　　話：（02）2515-3000
傳　　真：（02）2515-0033
網　　址：www.kadokawa.com.tw
劃撥帳戶：台灣角川股份有限公司
劃撥帳號：19487412
法律顧問：有澤法律事務所
製　　版：尚騰印刷事業有限公司
ＩＳＢＮ：978-957-743-339-8